www.tredition.de

AF204397

NichtGanzDichter

Geschichten eines nicht ganz Dichten

Meine verrücktesten Begegnungen - ein "Schwerstbegabter" packt aus!

www.tredition.de

© 2018 NichtGanzDichter

Verlag und Druck: tredition GmbH, Hamburg

ISBN
Paperback: 978-3-7439-1169-7
Hardcover: 978-3-7439-1170-3
e-Book: 978-3-7439-1171-0

Inhaltsverzeichnis

Einleitung

Ich bin ein ungewöhnlicher Mensch und erlebe ungewöhnliche Dinge. „Originell, speziell, schwerstbegabt": Was beinahe wie eine hoffnungslose Diagnose anmutet, ist eine durchaus ernstzunehmende Selbsteinschätzung – Risiken und Nebenwirkungen inbegriffen. Offiziell als „hochbegabt" eingestuft, haben die genannten Attribute dazu geführt, dass mir das Leben fortwährend Geschichten schreibt, wie sie sich kein Drehbuchschreiber besser hätte ausdenken können. Kurzum: In schöner Regelmäßigkeit treffe ich auf außergewöhnliche, kuriose, schrille und mitunter nicht ganz ungefährliche Menschen. Ich ziehe schräge Persönlichkeiten an wie die Motten das Licht.

Was sich im Laufe der letzten fünfzehn Jahre an lustigen, verrückten und absurden Begegnungen angesammelt hat, ist Thema dieses geistigen Ergusses, der im März 2017 in der Erstauflage erschien. Die 35 spektakulärsten Begebenheiten sollen in den folgenden Kurzgeschichten in chronologischer Reihenfolge erzählt werden. Ob es im Einzelfall witzig oder eher traurig war, und vor allem für wen, das möge der geneigte Leser selbst entscheiden.

Ich bin studierter Naturwissenschaftler, beruflich voll ausgelastet, und weil das alleine nicht genügt, betätige ich mich auch noch als Autor, Dichter, Poetry Slammer, Übersetzer, Immobilienmakler und Musikjournalist. Nicht immer alles gleichzeitig, aber meist viel zu viel davon in kurzer Zeit. Ich tanze eben gerne auf mehreren Hochzeiten – nur nicht auf meiner eigenen!

Während mich eine ehemalige Bekannte bereits zu einem „Gesamtkunstwerk" erhob, bekam ich von einer guten Vertrauten, die mich wohl besser kennt, Folgendes zu hören: „Du bist der größte Narzisst, den ich jemals getroffen habe!" Zwar mag ein Fünkchen Wahrheit darin stecken, doch nutze ich die Übertreibung viel lieber mit voller Absicht als Stilmittel, gerade im Hinblick auf die ausschweifende Darstellung meiner „Leistungen" und „Erfolge". Immerhin habe ich längst meinen eigenen Fan-Club! Wenngleich sich die Anhängerschaft noch etwas vergrößern könnte... aber die eine Person aus Österreich kann sich doch nicht irren?!

Spaß beiseite! Bei literarischen Wettbewerben kann sich der NichtGanzDichter in der Regel schon ganz ordentlich platzieren. Eine andere Freundin eröffnete mir kürzlich, dass sie viel darum geben würde, könnte sie nur mal für einen Tag Mäuschen in meinem daueraktiven Gehirn spielen. Nur... ob das wirklich ein so vergnüglicher Ausflug wäre? Immerhin gilt nach wie vor das Georg-Büchner-Zitat: „Jeder Mensch ist ein Abgrund. Es schwindelt einem, wenn man hinabsieht." Somit wird Abgründiges auch in den folgenden Ausführungen nicht gänzlich fehlen.

By the way: Jedes Wort, das in den Geschichten des nicht ganz Dichten geschrieben steht, ist wahr – wenngleich Personennamen und teilweise auch Orte verfremdet wurden. Es ist wirklich so krass, so lustig, so bekloppt, so böse und oft auch so schön gewesen. Hunderte Begegnungen hat es gegeben, einige Situationen waren bewusst herbeigeführt, wozu alleine über 30 Dates mit verbundenen Augen gehören. Manche Erfahrung war flüchtig, manche intensiv, aber allen dahinter stehenden Menschen gebührt an dieser Stelle doch ein großer Dank. Und mittendrin statt nur dabei: die bald 90-jährige Oma, die in so mancher Geschichte auftauchen wird! Ach ja, wie es sich für einen peniblen Zahlenfreak gehört, wurde selbstverständlich alles Geschehene in einer großen Excel-Tabelle protokolliert.

Es würde den Verfasser dieser Zeilen durchaus freuen, wenn am Ende der Lektüre die Erkenntnis stünde, dass „NichtGanzDichter" seinen Namen nicht ganz umsonst trägt. Dabei handelt es sich zweifellos um eine ambivalente, facettenreiche und bestimmt nicht wirklich „normale" Persönlichkeit, die sich selbst immer wieder mit den drei anfangs erwähnten, markanten Schlagwörtern zu umreißen pflegt: originell, speziell, schwerstbegabt!

Lesen Sie selbst – und viel Spaß!

Der verrückte Professor

Richtig verrückt ging es im Jahre 2003 im schönen Bayern zu. Kurz nach Ende meines Studiums wollte ich meine erste Arbeitsstelle als wissenschaftlicher Mitarbeiter antreten. Zwar war es mir nie wichtig, einen Doktortitel zu tragen, zumal Geld und Status für mich keine allzu große Rolle spielen, aber ein paar Jahre in einem herausfordernden Umfeld mit geistiger Arbeit zu verbringen, das reizte mich, den „Schwerstbegabten", damals ganz gewaltig.

Endgültig attestiert wurde die Hochbegabung übrigens, als ich 14 war. Die neunte Klasse übersprang ich auf Drängen der Lehrkräfte. Es folgten: unverändert sehr gute Noten, die Teilnahme an speziellen Akademien für „Gleichgeartete" – und soziale Anpassungsschwierigkeiten. Dass es im Leben auf vieles mehr ankommt als auf reine Leistung und Wissen und dass Herzensbildung so manchen genialen Geist um Längen zu schlagen imstande ist, das habe ich im Laufe der Jahre erst noch gelernt. Das Gymnasium verließ ich zunächst ganz im Stile eines waschechten Schwerstbegabten, nämlich als Jahrgangsbester mit neuem Punkterekord.

Für das mathematisch orientierte Studium verschlug es mich sodann in die süddeutsche Provinz. Ausgerechnet in Bayern sollte der Start ins „richtige Leben" glücken. Nun ja, zumindest schien die Hochschule, an der ich als Assistent tätig werden wollte, einen besonders guten Ruf auf dem Gebiet der Wirtschaftswissenschaften zu genießen. Die Betonung liegt auf „schien". Was ich zu diesem Zeitpunkt noch nicht wusste: Es gab gute Gründe, weswegen die ausgeschriebene Stelle schon seit längerem unbesetzt war! Das Fachgebiet des Professors hatte mit Ökonomie zu tun, und in diesem Bereich sollte ich eine Doktorarbeit anfertigen. So der Plan.

Doch es kam alles ganz anders. Es war im so genannten Jahrhundertsommer mit Temperaturen um die 37 Grad, die fünf Wochen anhielten, ohne dass ein einziger Tropfen Regen fiel, als ich in diesem beschaulichen Städtchen eine höchst hitzige Zeit verlebte. Die Zweizimmer-Wohnung im Villenviertel war hübsch eingerichtet, durch das Schlafzimmerfenster war es sogar möglich, dem Rauschen des nahegelegenen Flusses zu lauschen. Doch schon am nächsten Morgen war es vorbei mit dieser Romantik. Statt plätscherndem Gewässer hörte man in der Lehranstalt nur eines: ein lautes Brüllen! Es war das Geschrei des Professors!

„Sagen Sie mal, wollen Sie mich verarschen? Wollen Sie mich veraaarschen? Wollen Sie mich veraaaaaaaaaaarscheeeen?!", schrie der kleingeratene, dünne Vollbart-Träger mit mir herum – wenn er mir nicht gerade davon erzählte, wie er als „Hobby-Kriminalist" und Detektiv die Machenschaften der jugoslawischen Mafia in seiner Heimatregion aufdeckte. Manchmal schrieb er nach eigenem Bekunden aber auch Unternehmen an, um

Informationen über Widersacher zu sammeln, die ihn angeblich bekämpfen. Dies tat er unter falscher Identität – unter seinem richtigen Namen erhielt er schon lange keine Auskünfte mehr. Woran das wohl lag?!

Dass dieser Mensch das Prädikat „verrückt" wirklich mehr als verdient hat, bewies er auch anhand der Themenauswahl, die er mir bei der wissenschaftlichen Arbeit zugedachte. Anstatt mich mit fachspezifischen Aufgaben zu betrauen, wie man das hätte erwarten können, sollte ich mich in die folgenden Gebiete einarbeiten: Nächstenliebe, Altruismus, „Wer wird Millionär". Doch gelang dies offenkundig nicht immer gänzlich zur Zufriedenheit dieses Hochschullehrers, so dass er eines Tages nicht mehr nur herumbrüllte, sondern mich durch das komplette Gebäude verfolgte, bis ich schlussendlich die Tür der Bibliothek hinter mir zuschlug, körperlich glücklicherweise unversehrt.

Da mir das Gebaren des Dozenten zunehmend suspekt vorkam, startete ich nun meinerseits eine eingehende Recherche – und fand Interessantes heraus: Vor meiner Zeit hatten innerhalb weniger Jahre bereits vier Assistenten dieses Professors das Weite gesucht. Kaum einer hatte es länger als ein paar Monate mit diesem lautstarken Giftzwerg ausgehalten. Promoviert hat dort übrigens niemand. Das alles wusste anscheinend auch die Hochschulleitung. Aufgrund der hohen Aggressivität des Lehrkörpers und der damit einhergehenden potentiellen Gefahrenlage gestattete man es mir, die restlichen Monate in sicherer Entfernung von diesem Schreihals zu verbringen. So verdingte ich mich notgedrungen als Übersetzer und Pressefotograf, was sich im Übrigen als deutlich interessanterer Zeitvertreib herausstellte als die „Assistententätigkeit" am Lehrstuhl. Besagter Professor hat sich mittlerweile in den wohlverdienten Ruhestand gebrüllt.

Frau Li

Wenn ich diesen Namen im Freundeskreis auch nur ausspreche, schrillen bei so manchem sofort die Alarmglocken: Frau Li! Die dazugehörige Dame mit fernöstlichem Einschlag ist schließlich berühmt und vor allem auch berüchtigt, was nicht nur an ihrer besonders liebenswerten Art liegt, sondern an den vielfältigen „speziellen" Seiten, die sie ebenfalls aufzubieten hat: Man könnte auch von stark ausgeprägtem Gefühl oder von extremem emotionalem Potential sprechen – um es vorsichtig zu formulieren.

2005 lernten wir uns über eine Freizeit-Annonce in einem Stadtmagazin kennen. Auf Anhieb hatten wir uns einiges zu erzählen und vor allem: zu lachen! Augenscheinlich sympathisch kam die ausschmückende Sprache daher, derer sich diese Münsterländerin Ende 30 immer wieder bediente: Statt „Arm" sagt sie beispielsweise „Flügel", statt Mund „Schnütchen", die Brüste sind für sie „Milchtüten"... und in ihrem Betrieb sieht man so manchen Facharbeiter hinter abgestellten Paletten „herumjückeln". Was das bedeutet, sei der Fantasie eines jeden Lesers überlassen. Die Wortschöpfungen von Frau Li waren jedenfalls derart treffend und witzig, dass ich sogar ein eigenes „Lexikon" darüber entwarf.

Eine andere Seite dieser Lady war und ist... ihre Dominanz! Was sie sagt, ist Gesetz. Bei Nicht-beachtung erfolgt die Strafe auf dem Fuß. In ihrer

Firma bedeutet das: Unflätige und besonders gerne ungewaschene Männer bestellt sie schon mal zu sich ins Büro und faltet sie zusammen. Man muss sich eben durchsetzen! In der Anfangszeit unseres Kennenlernens war für uns beide vor allem Folgendes stilbildend: Emotionen, Dramatik, Eifersucht, Anschreien am Telefon, wüste gegenseitige Beschimpfungen mit der folgerichtigen Konsequenz des Höreraufknallens. Da sich die Wogen meist so schnell nicht wieder glätten wollten, vermag es auch nicht zu überraschen, dass man sich während einer Zeitdauer von elf Jahren gerade einmal fünf Mal im realen Leben getroffen hat. Zu lang waren die dazwischen liegenden Kontaktpausen.

Die erste Begegnung hatte es dafür so richtig in sich: Wieder einmal hatte es Auseinandersetzungen am Telefon gegeben (einen triftigen Grund vermutlich eher weniger). Die Nerven lagen blank, die Stimmung war schlecht, doch eines muss man der sehr gut aussehenden Geschäftsfrau mit den langen dunklen Haaren ja lassen: Was sie verspricht, das hält sie! Da sie mir ein erstes Date zugesagt hatte, sprach sie nach der jüngsten Konfrontation die folgenden Worte, die ich nie mehr vergaß: „Ich werde dich treffen. Aber nicht, weil ich es will – sondern nur, weil ich es versprochen habe!"

Gesagt, getan. So machte sich Frau Li, die selbst im Luxus lebt und stets schmuckbehängt und perfekt gestylt das Haus verlässt, also tatsächlich auf den

Weg zu meiner damaligen winzigen Wohnung (meine heutige Wohnung ist übrigens noch winziger). Als wir uns so das erste Mal Auge in Auge gegenüberstanden, mussten wir beide nur noch eines: nein, nicht wegrennen! Sondern ganz laut drauf los lachen! Zu skurril war die Situation angesichts unserer bewegten Vorgeschichte. Die Begegnung selbst verlief zum Glück weitgehend störungsfrei. Die mitgebrachte, mit Parfüm eingesprühte Plüschente nimmt noch heute in meinem Zimmer ein Ehrenplätzchen ein.

Nur an einem Umstand hatte mein Besuch gehörig etwas auszusetzen: Ja, es war der hygienische Zustand meiner Räumlichkeiten. Oder wie Frau Li es ausdrückte: „Was ist denn das für eine Räuberhöhle?!" Schließlich ist die Dame ausgewiesene Qualitätsmanagerin – und auch im Privaten ist sie derart reinlich, dass man in ihrer Wohnung jederzeit vom Fußboden essen kann. Davon habe ich mich persönlich überzeugt! In meinem „Rattenstall" fühlte sie sich nicht wirklich wohl.

Bei einer späteren Begegnung verschlug es uns übrigens in ein stilvolles Restaurant in einer weniger stilvollen Stadt im Ruhrgebiet. Auch das wurde lustig. Kurzerhand bestellte sie nämlich einfach das Essen für mich mit! Den Grund konnte sie mir plausibel erklären: „Ich bin sehr vielen Mitarbeitern gegenüber weisungsbefugt. Und dir gegenüber bald auch!" Zur Belohnung wurde ich im Anschluss intensiv „abgeküsst". Und für den Fall des Falles haben wir bereits einen „Beziehungsvertrag" aufgesetzt. Darin ist alles bis ins Detail geregelt – vor allem die Rechte und Pflichten der Beteiligten. Heißt im Klartext: ihre Rechte und meine Pflichten! Ja, diese ganz besondere Frau Li muss man doch einfach lieb haben.

Fanpost aus Österreich

Erfreulicherweise gibt es auch Internetbekanntschaften, die bleiben. Manche davon entwickeln sich im Laufe der Zeit zu Freundschaften, andere sogar zu regelrechten Fans! Diese wunderbare Erfahrung machte ich mit Julie, einer gebürtigen Oberbayerin, die nach Aussage diverser Freundinnen viel lieber eine Österreicherin wäre. Deswegen wohnt sie inzwischen auch in der Alpenrepublik, wenn auch ganz in der Nähe zur bayerischen Grenze. 2007 lernte ich Julie im Spin-Chat kennen. Wir texteten fortan öfter online miteinander. Texteten? Sie vielleicht schon – ich nicht! Ich dichtete! Alles, was ich zu sagen hatte, und das war nicht wenig, präsentierte ich der sympathischen Dame Mitte 30, die zu jener Zeit einen „geheimen Hexenzirkel" betrieb, in Reimform. Dabei ging es fast immer humorvoll zu, und die Verse passten zu Julie und ihrem Leben einfach wie die Faust aufs Auge.

So fand sie immer mehr Gefallen an meiner Dichtkunst, bis sie mir eines Tages offenbarte: „Ich bin dein größter Fan!" Weil Julie jedoch nicht nur viel verspricht, sondern auch viel hält, ließ sie ihren Worten schon bald Taten folgen. Eines Nachmittags schaute ich in meinen Briefkasten … und siehe da?! Ein Päckchen wartete auf mich, versehen mit bunten Schleifchen und Aufklebern, bedruckt mit großen Buchstaben: „Fanpost". Neben einem netten Brief befanden sich im Fan-Paket jede Menge Süßigkeiten aus Österreich – und ein Gesundheitstee für Männer!

Julie ist eben auch auf mein Wohlergehen bedacht, was nicht verwundert, da sie im medizinischen Bereich arbeitet. Übrigens bekomme ich seitdem jedes Jahr ein Fan-Paket.

Das Allerbeste ist jedoch die Geschichte, wie Julie dieses Päckchen damals bei der Post aufgegeben hat. Ihrem Bericht zufolge hat der Schalterbeamte ziemlich große Augen gemacht, als er gelesen hat: „Fanpost". Dann hat er Julie gefragt: „Sagen Sie mal, ist dieser Mann eigentlich sehr berühmt?" Und was hat Julie geantwortet? „Ja, in Deutschland ist er schon sehr berühmt. In Österreich noch nicht ganz so – aber das wird er hier auch noch!" Da muss ich Julie uneingeschränkt Recht geben. Ganz bestimmt sogar!

Eine Kulturveranstaltung in Schifferstadt

Wer echte kulturelle Höhepunkte zu würdigen weiß und sich dabei in stilvollem Ambiente bewegen möchte, der begibt sich nach... Mailand? Paris? Rom? Venedig? Berlin? Nein, alles falsch. Die wahre kulturelle Blüte entfaltet sich nirgendwo besser und in vollendeterer Form als in der legendären Metropole Südwestdeutschlands – und das ist ... Schifferstadt!

Dieser Ort in der Vorderpfalz unweit von Ludwigshafen, der für seine Ringer bekannt ist und der das ganze Jahr über mit Highlights wie Kartoffel-ernte, Rübenkampagne und dem überregional beliebten Rettichfest zu punkten versteht, hatte sich für jenes Jahr etwas ganz Besonderes vorgenommen. Künstlerinnen und Künstler von nah und fern wollten die Organisatoren zusammenbringen – und sie in einem Dichterwettstreit gegeneinander antreten lassen. Das klingt nach großem Kino, sollte man meinen. So kam es dazu, dass ich mich im Mai in Begleitung einer sehr guten Freundin, Ines, von Köln aus auf den Weg machte und 260 Kilometer zurücklegte, um am „Schifferstadter Poetry Slam" teilzunehmen.

Um in die richtige Stimmung für ein solches Ereignis zu kommen, gaben Ines und ich bereits am Vorabend eine „Privatvorstellung" für meine Oma im Pfälzerwald. In verteilten Rollen präsentierten wir das selbstgeschriebene Stück „Detlef und Olaf" – einen Briefroman, in dem sich zwei ganz und gar nicht heterosexuelle Männer mittleren Alters süße Liebesbriefe hin- und herschicken. Am Tag darauf war es dann soweit: Die Kulturveranstaltung in Schifferstadt konnte zeigen, was sie zu bieten hat. Ort des Geschehens war eine Scheune in einem Gehöft, das aufgrund seiner Ortsrandlage wirklich nicht leicht zu erreichen war. Eine schmucke Glasfassade verzierte das Gebäude, und eine ganze Reihe gut ausgeleuchteter Kunstwerke an den Wänden lud zum näheren Hinsehen ein.

Poetry Slam, das ist normalerweise eine durchweg lustige Angelegenheit. In Köln beispielsweise säumen vielschichtige und hin und wieder ausgesprochen durchgeknallte Poeten in angesagten Kneipen und großen Hallen die Bühne und sorgen mit ihren eigenen Texten für Lacher im Publikum. In Schifferstadt ticken die Uhren allerdings ein wenig anders – was sich gleich zu Beginn dieses kulturellen Events herauskristallisieren sollte. Die Begrüßung übernahm eine weißhaarige Dame aus dem Umland, vermutlich die Kulturbeauftragte? Sie mag Anfang fünfzig gewesen sein, jedoch gefühlte achtzig. Mit passend ernster Miene brachte sie das Prozedere dem Zuhörer akkurat näher, um Seriosität sichtlich bemüht.

Während man bei Poetry Slams in allen anderen Städten im In- und Ausland in lockerer Weise miteinander umgeht und sich in aller Regel duzt, bewiesen die beiden Schifferstadter Moderatoren, dass es doch auch ganz anders gehen kann, nämlich:

wohlerzogen, emotionslos wie Toastbrot, aber durchaus sympathisch. Gelacht wurde selten, und es gab dazu ehrlich gesagt auch nicht den geringsten Anlass! Und auch der Altersdurchschnitt hob sich in diesem Örtchen doch deutlich ab vom üblichen Muster. Wo sonst die Jungen und Junggebliebenen miteinander einen fröhlichen Abend verleben, trafen sich hier in Schifferstadt die Alten und sich so richtig alt Fühlenden zu einem geistigen Austausch unter Hochbetagten. Die Oma, die sich dieses zweifelhafte Vergnügen keinesfalls entgehen lassen wollte, brachte mit ihren zu diesem Zeitpunkt 77 Lebensjahren regelrecht frischen Wind in diese eingerostete Runde. Und Ines, die drauf und dran war, sich zu Tode zu langweilen, meldete sich in ihrer Verzweiflung kurzerhand als Jury-Mitglied – mit den Worten: „Ich gebe euch hier den Dieter Bohlen!"

Und sie hielt Wort! Auf diese Weise bot sich ihr die Gelegenheit, die leider meist bierernsten Wortbeiträge der Pfälzer Dorfpoeten zu bewerten und sich mit ihrem Sitznachbarn, einem Realschullehrer, über die Qualität der Darbietungen auszutauschen. Als ich realisierte, wo ich hier eigentlich gelandet war, steckte ich den für meinen Auftritt ursprünglich vorgesehenen humorvollen Text sofort wieder ein und präsentierte der geneigten und durch die Bank adrett gekleideten Hörerschaft ein anspruchsvolles lyrisches Werk, das wohlwollend aufgenommen wurde.

Was die Moderatoren jedoch verwirrte, war das gelegentliche Aufblitzen von Kameras im Saale. Erst spät ging den Veranstaltern dahingehend ein Licht auf, dass es sich um die anwesende Presse handelte – so etwas ist man in Schifferstadt einfach nicht gewohnt. Die drohende komplette Humorlosigkeit wurde allmählich dadurch durchbrochen, dass die Jury-Mitglieder das stocksteife Geschehen zum Anlass nahmen, sich köstlich über die Situation zu amüsieren. Auf diese Weise fand schließlich sogar doch noch der eine oder andere Gag statt – allerdings weniger auf der Bühne denn in den Reihen der Jury.

Zum Ende dieser Kulturveranstaltung in Schifferstadt sorgte das Moderatoren-Team dann für ein echtes Highlight. Sämtliche Regeln, auf deren Einhaltung bisher so peinlich genau geachtet worden war, wurden auf einmal über Bord geworfen, indem sich die vermeintliche Kulturbeauftragte mit einem spontanen Vorschlag aus der Jury einverstanden erklärte: Die beiden bestbewerteten Poeten sollten den Text des jeweils anderen vortragen – was insofern spaßig wurde, als es sich im einen Fall um eine äußerst rasante und andererseits um eine überaus getragene Darbietung handelte. Gegensätzlicher hätten die Texte kaum ausfallen können! Dem Publikum gefiel dieser Rollentausch dermaßen gut, dass kurzerhand beide Künstler zu Siegern erklärt wurden! Das war ein Ding!

Nach erfolgter Siegerehrung verabschiedeten sich die Veranstalter dann wieder mit betont korrekten und auf Contenance bedachten Worten, so wie sich das geziemt bei einem derartigen Anlass. Nachdem es endlich vorbei war mit der Kultur, fuhren wir alle mit durchaus neuen Eindrücken nach Hause. Was Ines bis heute nicht ganz verstehen kann: So bierernst diese Kulturveranstaltung in Schifferstadt über weite Strecken vonstatten ging, Bier hatten sie nicht im Angebot! Darum ist ein Entschluss bereits gefasst: Sollte eines Tages wieder einmal der Ruf der Kultur aus Schifferstadt erschallen, dann werden wir zwar abermals weder Kosten noch Mühen scheuen, um dem Charme dieser einzigartig geistreichen Veranstaltung erliegen zu dürfen.

Doch mitgebracht wird definitiv ein Fass Kölsch! Vielleicht ist es ja genau das, was damals fehlte, um diese ansonsten wirklich sehenswerte Veranstaltung ein klein wenig aufzulockern. Das nennt man übrigens... Entwicklungshilfe!

Eine Kuh macht Muh – Kühe machen Mühe

Muh! Dass eine Kuh Muh macht, Kühe jedoch Mühe, das weiß landläufig jeder Bauer. Gegenstand der folgenden Betrachtungen ist jedoch kein Rindvieh, sondern eine norddeutsche Performance-Künstlerin, die es zu bescheidenem, wenn auch zweifelhaftem Ruhm gebracht hat. Zum allererersten Mal traf ich sie bei einem Poetry Slam im Rheinland, wo acht Künstler mit ihren eigenen Texten auftraten und das Publikum am Ende einen Sieger kürte. Als ich mich diesem Menschen, den man wirklich nicht kennengelernt haben muss, näherte und ins Gespräch kommen wollte, machte es: „Muh!" Ja, das war leider alles, was sie herausbrachte. Mein erster Eindruck von dieser Person: tierisch seltsam!

Das passte irgendwie auch zu ihren Texten: geistige Ergüsse von durchweg fragwürdiger Qualität, was auch an jenem Abend nicht zu überhören war. Diese traurige Tatsache kompensiert die Darstellerin jedoch mit unfreiwilliger Komik, die ihr dann den einen oder anderen Podestplatz einbringt. Muuuuh! Diese Dame, die nicht wie eine solche aussieht, allerdings auch nicht wie ein Rind, sondern eher wie ein Mann, lud ich eines Tages zu mir nach Hause ein – was sich als keine allzu gute Idee herausstellen sollte. Denn die Lady benahm sich so, als sei sie der Geschlossenen gerade entwichen. Unter anderem berichtete sie mir davon, dass sie in ihrem Haus sämtliche Nachbarn angezeigt hat, da sie ständig von ihnen beleidigt würde. Ohnehin würde sie verdächtige Personen schnell bei der Polizei melden. Oha! Man sollte also vorsichtig sein im Umgang mit diesem muhenden Menschen.

Eine weitere Begegnung mit dieser merkwürdigen Ziege, um nicht schon wieder auf die Kuh zurückzukommen, gab es in der Karaokebar am Hohenzollernring in der Kölner City. Da waren eine sehr enge Freundin von mir sowie deren Bekannte mit von der Partie. Die seltsame Künstlerin betätigte sich auf dieser Bühne allerdings weder als Schriftstellerin noch als Sängerin – dafür fehlte wahrscheinlich der Mut. Stattdessen spielte sie eine neue Rolle: die der beleidigten Leberwurst! Der Grund: Wir drei schenkten dieser Diva angeblich viel zu wenig Beachtung. Darüber beklagte sie sich lautstark. Muuuuh!

Die Folge: drastische Eifersuchtsszenen inmitten der Karaokebar! Nicht viel hat gefehlt, dann wäre ihr noch die Hand ausgerutscht. Und auch mit dem Publikum wurde diese verkappte (oder vielleicht verkannte?) Künstlerin nicht wirklich warm. Gefeiert hat man sie in keinster Weise – allenfalls bemitleidet! Wenigstens wurde sie nicht ausgebuht bzw. in ihrem Falle ausgemuht. Später traf ich diese Großstadtneurotikerin übrigens noch mal – natürlich nicht absichtlich, sondern rein zufällig… Das war bei Lidl an der Kasse. Eine Lebenskünstlerin ist sie nämlich auch. Es ist nicht überliefert, auf welcher Weide sie heute muht, äh, ruht. Muuuuuhhhhh……

Die ständige Suche nach dem Kick oder: ein Tag – vier Dates!

Ich liebe den Kick. Wer mich kennt, weiß es. Wer mich nicht kennt, erahnt es spätestens anhand des Autokennzeichens. Das Bedürfnis nach dem ultimativen und stets neuen Adrenalinstoß hat zur Folge, dass ich gezielt herausfordernde bis ungewöhnliche Situationen suche und Menschen anziehe, die ähnlich „ticken", also in ähnlichen Mustern leben – was nicht immer gesund ist. Somit habe ich einen (vielleicht zu) großen Teil meiner Lebenszeit darauf bedacht, neue Kontakte zu knüpfen, im realen Leben und noch viel mehr im World Wide Web. Die Dimensionen sind fernab jeder Norm: Mit mehreren Hundert Personen habe ich innerhalb von zehn Jahren glückliche, traurige und in einigen Fällen überaus intensive Momente verlebt, mit manchen von ihnen stehe ich noch heute in Kontakt.

Da gab es die 183 Zentimeter große, bildhübsche Kölner Schriftstellerin, die mich mit verbundenen Augen in ihrer Wohnung empfing, mir von ihrem durch und durch „schwarzen" Umfeld berichtete und mir das Phänomen des „Kevinismus" näherbrachte, nachdem ich ein persönliches Gedicht für sie vorgetragen hatte. Da gab es die Psychologin mit IQ 137, die ebenfalls „blind" meine Wohnung betrat, mir bei mitternächtlichem Vollmond eröffnete „Geist ist geil!" und mich am nächsten Tag ins Kino begleitete, um nicht nur den „Baader-Meinhof-

Komplex" anzuschauen, sondern bei jedem Opfer aufzustehen und zu applaudieren. Leider vertrat sie politisch völlig extreme Ansichten, was sich spürbar auf ihr Wesen niedergeschlagen hatte. Die schöne Seite war die, dass wir sämtlichen SMS-Verkehr in Reimform führten. Dann war da noch die Übersetzerin, die ihr Geld zum Großteil mit Pferdewetten verdiente, die aber auch gerne um Küsse spielte und mir die besten Witze erzählte, die ich je gehört habe.

Auch nicht vergessen werden sollten: die geläuterte Satanistin aus dem Siebengebirge, die mich mit aktuellen Infos aus ihrer Partei versorgte, die kreative Gothic-Lady aus Sachsen, die mich zu einer Party mit fünf Freundinnen in eine Berghütte im Erzgebirge einlud, darüber hinaus die nicht ganz so helle Krankenschwester Tina aus dem Bergischen, die stets fragte „na, wat machste?!", und dann wären da noch: ein gewisser Stefan, der schon morgens so betrunken war, dass er mich am Telefon zulallte, als nächstes ein guter Bekannter von mir, der mich bis heute ständig nach „wuchtigen Brummern" fragt – gemeint sind etwas fülligere Damen, auf die er übrigen gar nicht steht! – und last but not least die lebenslustige, tatsächlich „wuchtige" Aachenerin, die mir aufgrund ihres fröhlichen Wesens und ihrer Textsicherheit bei kölscher Musik auf der Tanzfläche aufgefallen war, und die sich derart stark schminkt, dass meine Oma ihr kurzerhand den Spitznamen „die Außerirdische" verpasste!

Weil sie nun schon mehrmals erwähnt wurde: Meine Großmutter ist ein absolut außergewöhnlicher und liebenswerter Mensch. Ich habe sie erst richtig kennengelernt, da war sie schon 76. Trotz sehr schwerer Krankheit – die Ärzte gaben ihr vor sechzehn Jahren nur noch zwei Jahre zu leben – geht sie mit einer Lebensfreude durchs Leben, die ihresgleichen sucht. Für mich wurde sie schnell zur wichtigsten Vertrauten, mit der ich wirklich jedes Thema besprechen kann. Besonders interessiert ist sie an der Politik und den soeben erwähnten Außerirdischen. Was meine Oma so unverwechselbar macht, ist ihr ausgeprägter Humor und ihre Pfälzer Lebensart. Ihr Motto lautet: hart, aber herzlich! Als ihre Cousine einmal zu ihr sagte: „Du weißt ja, der Mensch stammt vom Affen ab", da entgegnete sie: „Du vielleicht schon – ich nicht!" Frech und direkt war sie schon immer. Um Konventionen hat sie sich nie geschert, hat in ihrem Leben vier Häuser gebaut und würde am liebsten auch mit bald 90 Jahren noch mal bauen. Da sie sich leider kaum bewegen kann, sagt sie: Sollte ich eines Tages bauen wollen, dann stellt sie sich daneben und gibt die Befehle!

Allein über die Oma, die im und nach dem Krieg harte Zeiten durchgemacht hat, gibt es so viele lustige und spektakuläre Geschichten zu erzählen, dass dies ein weiteres Buch füllt (das sie mittlerweile geschrieben hat – „Geschichten der Pfälzer Oma"!) Somit ist es wohl kein Wunder, dass einige meiner Bekanntschaften irgendwann den Wunsch hegten, die Oma einmal persönlich kennenzulernen. Und so mancher Mensch hat sich dann tatsächlich in Omas kleiner, aber gemütlicher Erdgeschosswohnung eingefunden und wurde bestens versorgt mit Leberknödel, Wurstsuppe, Sauerkraut – und der einen oder anderen Anekdote!

Was meine Wenigkeit betrifft, so kommt im Hinblick auf ungewöhnliche Begegnungen verstärkend hinzu, dass ich von Natur aus aufgeschlossen gegenüber allem Neuen bin und die Inspiration durch Menschen geradezu aufsauge. Ständig muss frischer geistiger Input her! Mag es der Psychologe als zwanghaft bezeichnen und ein gewisses Suchtverhalten diagnostizieren – zumal sämtliche Begegnungen wie eingangs erwähnt in einer gut strukturierten Excel-Datei erfasst sind – so hat dieser Ansatz in meinem Fall zu einem höchst individuellen Lebensmodell geführt, das es ein zweites Mal in dieser Form wohl kaum geben dürfte.

Auf jeden Fall war und ist das, was ich meinen „Alltag" nenne, dermaßen ereignis- und temporeich, dass es vermutlich in mindestens fünf Leben eines Normalsterblichen hineinpasst. Was mir dabei zum Vorteil gereicht bzw. zum Verhängnis wird, je nach Betrachtungsweise: Ich bin tatsächlich schnell, und das gilt für diverse Arbeits- und Lebensbereiche. Ich kann „auf Knopfdruck" kreativ sein und gehe in hohem Maße analytisch und strukturiert vor. So „erschaffe" ich in kurzer Zeit Gedichte, Essays, Bühnenstücke, Rätsel, Hip-Hop-Parodien – und Melodien auf dem Klavier. Ein weiterer Spleen des nicht ganz Dichten: Was er plant, setzt er fast immer in die Tat um!

So war es auch an einem heißen Sommertag im Jahr 2009. Gerade hatte ich ein neues Excel-Programm fertiggestellt, mit dem ich Personen automatisch nach verschiedenen, subjektiven Kriterien bewerten und daraus eine Rangliste erzeugen kann. Was nicht nur freakig, sondern ausgesprochen unromantisch klingen mag, fand so manche Lady tatsächlich spannend. Jedenfalls war wieder einmal Dating im Real Life angesagt. Doch nahm dies an jenem Tag wohl etwas überhand, denn bis zum späten Abend hatte sich die Anzahl an Dates auf vier summiert. Und die letzte Begegnung war zugleich die aufregendste: Kurz vor Mitternacht hatte ich mich spaßeshalber nach längerer Abstinenz im Chat eingeloggt – bereits zu Studentenzeiten hatte ich (zu) viele Stunden mit dieser Art von Freizeit-beschäftigung zugebracht – und war mit einer vielversprechenden jungen Frau in Kontakt gekommen.

Nachdem wir kurz telefoniert hatten, vereinbarten wir ein spontanes Treffen in Mülheim an der Ruhr. Es war mittlerweile kurz vor 1 Uhr. Und so viel sei gesagt: Die Stunden mit der 180 cm großen und 95 Kilogramm schweren, blonden Köchin, die ich sehr schätzte, hatten es in sich. Den frühen Morgen ließ ich im Anschluss in einer typisch rheinischen Discothek ausklingen, mit der mich im Übrigen eine jahrelange, recht spezielle Geschichte verbindet. Darin nehmen

BesucherInnen, deren Aufmerksamkeit ich spontan auf mich zog, und romantische Abende einigen Platz ein – was ich später in einem humoristischen Theaterstück niederschrieb: „Nüchtern in der Schnapsmühle". Alkohol trinkt der NichtGanzDichter nämlich nicht! Weil er nicht schmeckt!

So bestand mein Leben zu jener Zeit, neben den beruflichen und privaten Verpflichtungen wohlgemerkt, vor allem aus: ausgeprägter Dating-Aktivität, intensivem kreativem Schaffen und zufällig gemachten Bekanntschaften bei Comedy-Veranstaltungen – bis zu vier Mal wöchentlich stand ich auf der Bühne. Hinzu kamen völlig neuartige, wenn auch mitunter bewusst herbeigeführte, Situationen, in denen ich es etwa nicht nur mit einer einzigen Dame zu tun bekam, sondern gleich mit einer ganzen Gruppe! Und auch dies in einer Menge, die ganz sicher nicht im „Normalbereich" liegt.

Aber mal ehrlich, was will man von einem nicht ganz Dichten auch anderes erwarten?!

Ommmm…

„Deeksha ist eine göttliche, sehr alte Methode, geistige Energie auf einen anderen Menschen zu übertragen. Ursprünglich wurde sie nur von spirituellen Lehrern an ihre Schüler gegeben, um ihnen ein erweitertes Bewusstsein und Erwachen zu schenken. Sie wird auch als die Energie des Erwachens bezeichnet und verbreitet sich mehr und mehr überall auf der Erde. Deeksha kann die Öffnung unseres Bewusstseins für die Einheit allen Lebens initiieren. Das schließt alle Aspekte im Inneren und im Äußeren mit ein und kann so auf ganz natürliche Weise zu einem tief verankerten Frieden mit uns und unserer Umwelt führen."

Soweit ein Auszug aus dem Werbetext einer indischen Organisation, die sich mit dieser Form von Energiearbeit beschäftigt. Positive Energien durch Berührungen und Handauflegen, das klingt wirklich einigermaßen relaxed.

Ommmmmm…..

Dass es in Köln, einer der buntesten Städte überhaupt, wohl auch Menschen gibt, die sich mit Deeksha beschäftigen, dürfte nicht weiter verwundern. Dass deren Anzahl sich zugleich im überschaubaren Rahmen hält, ist ebenfalls keine Überraschung, zumal es sich um eine sehr spezielle Form der so genannten Energiearbeit handelt. Reiki etwa ist da schon populärer.

Im Jahr 2009 kam ausgerechnet ich, der mit Ruhe und Entspannung etwa so viel zu tun hat wie Mahatma Gandhi mit der Entwicklung der Atombombe, mit Deeksha in Berührung – ohne dass ich jemals zuvor etwas davon gehört hatte! Bei meinem Arbeitgeber spielte ich zu jenem Zeitpunkt bereits seit vier Jahren in einer Hobbymannschaft Volleyball. Eines Tages verkündete die ungemein sympathische Übungsleiterin urplötzlich ihren Abschied. Der Grund: Deeksha! Sie habe einen Mann kennengelernt und werde gemeinsam mit ihm eine esoterische Praxis aufbauen. Außerdem wolle sie sich zum Medium ausbilden lassen!

Ommmmmmm....

So verließ die frisch Initiierte Hals über Kopf ihren bisherigen Freund und ihre Heimatstadt noch dazu. Den gut bezahlten Job als Referentin in einem Großkonzern hing sie ebenso an den Nagel – zu Gunsten ihrer neuen Berufung als Deeksha-Trainerin. Ihre neue Wirkungsstätte verlegte sie, warum auch immer, ins allertiefste Sauerland. So weit, so inspirierend.

In dieser Zeit war ich häufig nachts in Köln unterwegs und hatte dafür eine extrovertierte Begleiterin an meiner Seite: Kirsten, die sich auch „Miss Kissy" nannte, hatte ich im Frühjahr 2008 kennengelernt, seither waren wir regelmäßig in Discos und in der Karaokebar on Tour. Die gebürtige Mecklenburgerin hatte Spaß am Feiern, war dem Alkohol nicht gerade abgeneigt und legte eine gewisse Lautstärke an den Tag, was die Abende mit ihr umso unterhaltsamer verlaufen ließ. Eines Tages war ich privat bei Miss Kissy zu Besuch, als plötzlich ihr Cousin auftauchte. Nach kurzem Kennenlernen, es waren nicht einmal fünf Minuten vergangen, eröffnete er mir Interessantes: Er werde bald für längere Zeit verreisen ... und zwar .... wohin wohl? ... nach Indien! Da fragte ich ihn doch glatt, ob er denn zufällig Deeksha praktiziere, denn ich würde da so jemanden kennen ... und nannte ihm den Namen meiner bisherigen Volleyball-Trainerin! Seine Antwort? Ja! Woher ich das denn wüsste? Mit genau dieser Frau führe er regelmäßig Deeksha-Sessions durch, und ich könnte ja auch mal mitmachen! Er wolle in Indien meditieren und geistige Erneuerung suchen.

Da war ich baff. Zwei mir bekannte Menschen, zwei Mal Deeksha, völlig unabhängig voneinander... und ich mittendrin! Nach Indien flog ich übrigens nie (und habe es so schnell auch nicht vor). Mein Leben ging derweil eher unruhig weiter. Im Gegensatz zu mir dürften wenigstens Miss Kissy's Cousin und die Volleyballtrainerin Körper und Geist in Einklang gebracht haben.

Ommmmmmmm.

Nachtrag:

Im Sommer 2015 lernte ich über das Internet eine Frau mittleren Alters kennen, die sich ebenfalls mit

Energiearbeit beschäftigte. Und das in einem klassischen Arbeiterbezirk einer südwestdeutschen Industriestadt. Ob das nun der richtige Ort für die ausgiebige Hinwendung zum Seelenheil ist? Nun ja. Dort jedenfalls war die gelernte Metzgereifachverkäuferin gerade im Begriff, sich ein Studio einzurichten, mit dem wohlklingenden Namen „Laura's Oase". Das fand ich eine Zeitlang irgendwie spannend. Leider war diese Handauflegerin, die sich nach eigenen Angaben in Fantasiereisen und im Hellsehen weitergebildet hat, zu unstet, um nicht zu sagen, zu versponnen, als dass es jemals zu einer realen Begegnung gekommen wäre. Immerhin praktiziert die Seherin noch heute – was die diversen Sinnsuchenden nach Schichtende sicher erfreuen dürfte. Energieübertragungen sind in Laura's Oase jederzeit möglich und kosten schlappe 30 Euro pro halbe Stunde.

Ommmmmmmmmmmmm.

Hier piept es oder: Kickern statt arbeiten

Bei manchen Menschen piept es ganz gewaltig, und manchmal passt dann sogar der Name. Bei diesem Vorgesetzten war der Name, der Assoziationen an ein bestimmtes Vogelgeräusch weckt, jedenfalls Programm. Und der gutaussehende, stets vornehm auftretende Mittfünfziger schoss den Vogel wirklich ab. Zunächst lockte er mich mit unverschämt viel Geld ins Controlling eines international operierenden Unternehmens in Nordrhein-Westfalen. Viele Beschäftigte in diesem Betrieb halten sich für besonders kreativ, tatsächlich tragen sie alle dieselben Frisuren, dieselben Brillen und reden auch alle denselben Mist. Corporate Identity nennt man das heutzutage.

Wirklich Arbeit hatte der Vorgesetzte für mich jedoch nicht, was ich schon kurz nach meiner Ankunft feststellen musste. Da er mit Ressourcenplanung regelmäßig überfordert war, hatte er viel zu viel neues Personal eingestellt; von den vier Neulingen brauchte man höchstens einen. Die Konsequenz: Es gab buchstäblich nichts zu tun. So trafen sich die Kollegen regelmäßig zum Tischfußballspielen am Kickertisch – oder zum Lästern über die Kollegen oder, noch besser, über den Chef! Den fragte ich öfter mal nach Arbeit: „Das kommt schon noch, Sie müssen da noch Geduld haben", wurde ich jedes Mal vertröstet.

Der Vorgesetzte, der wegen seiner merkwürdigen Aussprache, aber auch aufgrund mangelnder fachlicher Eignung Gegenstand von Spott und Imitationskünsten war, hatte die Ruhe weg. Kein Wunder, denn zu tun war weiterhin rein gar nichts. Als sich selbst nach Monaten keine Besserung einstellen wollte, begann ich in weiser Voraussicht damit, Bewerbungen zu schreiben.

Irgendwann bestellte mich dieser Vorgesetzte zu sich ins Büro. Wir könnten das Arbeitsverhältnis nicht fortsetzen, hieß es. Und warum nicht?! Die Begründung war wirklich originell: Ich hätte ja nicht viel bei ihm gemacht! Na sowas! Ich entgegnete, dass ich doch laufend nach Arbeit gefragt und geradezu darauf gedrängt hätte, endlich arbeiten zu dürfen, aber leider nie etwas zu tun bekam! Ich fragte ihn, warum ich denn überhaupt eingestellt wurde. Seine lapidare Antwort: „Ich darf das." Ja, das darf er wohl. Mehr gibt es zu diesem Vorgesetzten, der alles andere als eine Führungskraft war, nicht zu sagen. Soweit ich informiert bin, piept es in diesem Laden noch heute. Und zwar ganz gewaltig.

Ein mulmiges Gefühl – einmal Loveparade und zurück!

Neben Absurdität, Heiterkeit und jeder Menge Leichtigkeit hielt der Sommer 2010 auch eine ernstere Geschichte parat. Auch dabei stand eine Begegnung im Mittelpunkt, wenngleich es sich eher um die Begegnung mit innerer Eingebung und äußerer Gefahr handelte.

Es war der 24. Juli 2010. Wunderbares Sommerwetter herrschte in Köln. Kaum eine Wolke trübte den Himmel, was könnte man mit einem solchen Tag anfangen?

Da fiel es mir plötzlich wieder ein! Heute findet in Duisburg die Loveparade statt! Warum nicht einfach hinfahren? Schon seit Jahren hatte ich, auch wenn Techno und House nicht unbedingt zu meinen bevorzugten Musikrichtungen gehörten, fest eingeplant, dieses Event einmal live mitzuerleben! Massenereignisse, vom Rosenmontagszug in Köln bis zum Party-Marathon auf Mallorca, sind ohnehin genau mein Ding, und ich probiere gerne Neues aus. Zur Loveparade in Dortmund zwei Jahre zuvor war ich unglücklicherweise kurzfristig krank geworden, so dass ich den bereits geplanten Trip mit einem Freund hatte absagen müssen. Also war es jetzt an der Zeit!

Die Entscheidung war gefallen: Auf nach Duisburg! Schließlich ist es nicht weit, diese Chance lasse ich mir nicht entgehen!

Meine Kurzzeit-Beziehung zu einer 1,82 Meter großen, überaus liebevollen Computerspezialistin aus dem benachbarten Mülheim an der Ruhr war gerade zu Ende gegangen, so dass ich auch aus diesem Grund ein wenig Abwechslung gut vertragen konnte.

Gegen 12 Uhr mittags setzte ich mich an diesem 24. Juli ins Auto, fuhr nach Mülheim und traf dort zunächst eine neue Verehrerin, die ich im Internet kennengelernt hatte. Meinen Wagen stellte ich im Anschluss an diese romantische Begegnung in der Nähe des dortigen Bahnhofs ab, um meine Reise fortzusetzen mit dem Ziel: Duisburg, Loveparade! Gegen 15 Uhr erreichte ich den dortigen Hauptbahnhof – und wunderte mich:

Als ich das angrenzende Veranstaltungsgelände betrat, wirkte alles auf mich unorganisiert, wenig durchdacht, chaotisch. Mein erster Eindruck: wirklich schlecht gemacht! Ich fühlte mich hier nicht wohl! Und vor allem: nicht sicher! Hinzu kam, dass sich die Wegweiser nicht, wie ich es erwartet hätte, auf Schildern befanden, sondern aufgezeichnet auf dem Asphalt. Da zu diesem Zeitpunkt bereits eine erhebliche Anzahl an Menschen umherliefen, waren die Wegmarkierungen auf dem Boden immer schwieriger zu erkennen! Ich jedenfalls hatte wenig Orientierung, fragte mehrmals nach dem Weg und folgte dem Hauptbesucherstrom, und das mit einem zunehmend mulmigen Gefühl. Ich bin Massenveranstaltungen absolut gewohnt – aber das hier fühlte sich von Beginn an nicht richtig an!

Weiter ging es, den Menschenmassen nach! Dann war es soweit: An einem bestimmten Punkt hatten sich die Leute aufgestaut. Nach vorne blickend sah ich nichts als Menschen, Tausende, soweit das Auge reichte! Dicht an dicht standen sie aneinander. Ich überlegte noch: Soll ich nun versuchen, mich hineinzudrängeln und dem Strom und der Musik immer weiter folgen? Nein! Für mich ergab das alles keinen Sinn, und ich beschloss, es lieber sein zu lassen! Zwar war ich noch nicht lange hier, und ich hätte wirklich gerne gefeiert, aber angesichts dieser Gegebenheiten machte ich besser sofort kehrt! Eine gute Entscheidung, wie sich im Nachhinein herausstellte... Zu einem Rettungssanitäter, der vor den obligatorisch aufgestellten Zelten mit Passanten plauderte, sagte ich noch, halb im Scherz: „Dann hoffe ich mal, dass ihr heute nicht noch einen Haufen Arbeit bekommt!"

Kaum hatte ich es gesprochen, machte ich mich auf den langen Weg zurück. Gegen 16:30 Uhr fand ich mich vor provisorisch aufgestellten Absperrgittern wieder, an denen sich bereits Hunderte Menschen drängten. Diese beengende Situation kam mir gefährlich vor, und es war auch an dieser Stelle – auch wenn ich den ursprünglichen Gefahrenort noch rechtzeitig hatte verlassen können – zu spüren, dass etwas nicht stimmte. Auf einmal ertönten Lautsprecher-Durchsagen der Polizei mit dem Hinweis, dass Gleise gesperrt wurden.

Irgend etwas scheinte tatsächlich passiert zu sein. Gerade jetzt.

Ich erwischte den zweiten Bus, der die Menschen am Gitter einsammelte! Die Fahrt von Duisburg ins wirklich nicht weit entfernte Mülheim dauerte beinahe drei Stunden, auch weil mittlerweile die Autobahn gesperrt war und mehrmalige Umstiege erforderlich wurden.

Als ich nach dieser Odyssee endlich wieder in Mülheim ankam und in mein Auto stieg, hörte ich es schon in den Nachrichten: schweres Unglück bei der Loveparade in Duisburg, viele Tote und Verletzte. Mein erster Gedanke: Das wundert mich überhaupt nicht! Ich habe leider fest damit gerechnet – nach all dem, was ich gerade erlebt und gesehen hatte.

Ich fuhr, noch etwas durcheinander, zurück nach Köln. Zu späterer Stunde besuchte ich eine bekannte Diskothek – und feierte eine der heißesten Parties meines Lebens! Krasser, heftiger, verrrückter denn je zuvor! Das musste jetzt sein. Und es fühlte sich richtig an.

Eines steht fest: Sollte es jemals wieder eine Loveparade geben, wonach es allerdings nicht aussieht, ich werde wieder hingehen!

Ich bin der Boss!

Schon das Bewerbungsgespräch in der Hauptverwaltung dieses Unternehmens sollte jene höchst spezielle Richtung vorgeben, die für die nächsten fünfzehn Monate zur wohl verrücktesten Zeit in meinem Berufsleben führte. „Wir müssen nicht gucken, ob Qualifikation stimmt – wir müssen nur gucken, ob Chemie stimmt", sprach der osteuropäische Abteilungsleiter mit seinem unverwechselbaren Akzent, begleitet von einer mehr als finsteren Miene. Nachdem dieser bärtige, streng auftretende Herr Ende 40, der locker zehn, wenn nicht zwanzig Jahre älter wirkte, die wirklich wichtigen Fragen gestellt hatte, zum Beispiel nach dem Lieblingsfußballverein, war ich schneller in dem Laden drin, als mir lieb war. Er war übrigens für Bayern, ich für Köln.

Mit mir in der Abteilung versammelten sich etwa 40 Mitarbeiter, ein Großteil davon junge Osteuropäerinnen, die von Igor persönlich ausgewählt, eingestellt – und dann meist wieder entlassen wurden. Mitunter fühlte man sich bei diesem permanenten Kommen und Gehen wie in einem Taubenschlag. Dennoch kamen das Miteinander und insbesondere die Interaktion mit dem Boss nicht zu kurz. In den regelmäßig anberaumten Abteilungsrunden klang das so: „Warum machen wir Abteilungsrunde? Der Grund: Selbstdarstellung des Abteilungsleiters! Ich erzähle aus meinem Leben..." Doch der Grat zwischen lustig und bedrohlich war bei Igor ein äußerst schmaler: „Wenn ihr Problem mit mir habt, ist nicht schlimm. Komm in mein Büro und sage: Igor, ich habe Problem mit dir. Dann sage ich: Ich habe Problem mit dir! Hier sind deine Papiere! Tschüss! Du kannst gehen! Ich weine niemand eine Träne nach"…

Schwierigkeiten anderer Art ergaben sich an einem Sommertag, als wieder einmal die gesamte Runde zusammensaß und ein Koffer unbekannten Inhalts partout nicht abgeholt werden wollte. Da öffnete sich die Tür, und tatsächlich schickte sich ein Mitarbeiter an, das Gepäckstück an sich zu nehmen. Doch Igor interessierte vor allem eines brennend: „Was ist in dem Koffer?" Der Kollege blieb stumm… „Was ist in dem Koffer? Sag!"… Wieder keine Antwort…. Dann brauste Igor auf: „Du bist Osteuropäer und weißt nicht, was ist in Koffer?! Ich sage es dir: Geld! Natürlich! Bargeld!" Probleme hatte der osteuropäische Vorgesetzte, der mit Stolz auf seine Vergangenheit in der Roten Armee zurückblickte, gelegentlich auch mit der Kleidung seines Personals: „Mara, du könntest kürzeren Rock anziehen! Sandra, ich will andere Schuhe sehen!" Grenzen kannte dieser Mensch nicht, und es gab niemanden, der ihm welche setzte. Denn alle hatten sie Angst. Und die war gar nicht mal so unbegründet.

Eines Tages saß ich mit drei Kollegen im Büro, als sich die Tür öffnete und Igor mit düsterem Blick hereintrat: „Ich bringe euch alle um. Ich töte euch!" Auf meine Frage, wie er uns denn umbringen werde, entgegnete der Wüterich: „Ihr werdet erschossen! Erster, Zweiter, Erster, Zweiter! Ich knalle euch alle ab!" Vertrauensbildendes Arbeitsklima stellt man sich irgendwie anders vor. Mich konnte Igor, der von sich behauptete „ich zahle alles – nur keine Steuer", eigentlich recht gut leiden. Das lag auch daran, dass ich extra für ihn vierzehn Tage nach meinem Stellenantritt ein Quiz entwickelt hatte, das er bereitwillig aufnahm und vor der kompletten Mannschaft verlas: „Mein neuer Mitarbeiter ist genial. Er hat Quiz entworfen. Frage: Woran erkennt man neue Kollegin in meiner Abteilung? A hoher Intelligenzquotient, B hohe Schuhe, C hohe Stimme, D alles richtig. Wie lautet richtige Antwort? Ich sage euch: B! Natürlich B! Hohe Schuhe!"

Über ein Jahr lang ging alles gut, es war die verrückteste Zeit, die man an einem Arbeitsplatz wohl durchleben kann – und zugleich eine nie versiegende Quelle der Inspiration für neue Comedystücke. Am Ende musste allerdings Personal abgebaut werden. Das war kein Wunder, denn vierzig Mitarbeiter benötigte man in Igors Bereich nun wirklich nicht! Unglücklicherweise bekam ich eine neue direkte Vorgesetzte, die notorisch eifersüchtig auf meine Arbeitskollegin war, mit der ich mich sehr gut verstand. So arbeitete die neue Vorgesetzte, die ich schon von einem früheren Arbeitgeber kannte und die aufgrund psychischer Probleme häufiger ausfiel, auf meinen Abgang hin. Und für Igor galt nun mal – wie zu Sowjetzeiten – das „Führerprinzip". Das formulierte er übrigens so:

„Wenn es Problem gibt zwischen Mitarbeiter und Vorgesetzten, dann geht nicht Vorgesetzter. Mitarbeiter muss gehen. Ich schmeiße alle raus! Erster raus, Zweiter raus, Dritter raus! Dann sehen wir weiter."

Das Hinauswerfen lief in der Regel so ab, dass der zu Entfernende in Igors Büro zitiert wurde, dort massive Einschüchterungen persönlicher Art erfuhr und daraufhin freiwillig einen Aufhebungsvertrag mit kurzer Auslauffrist unterschrieb. Aber nicht mit mir! Als sich die unerfreuliche Entwicklung abzeichnete, war ich fortan krank. Igor schrieb mir eine Nachricht nach der anderen und rief mich sogar zu Hause an. In einem eindrucksvollen Telefonat schimpfte und drohte er und kündigte Rufmord-Kampagnen an – was ich alles mit Tonband aufzeichnete. Eine sehr gute Freundin saß als Zeugin am Tisch.

Schlussendlich ging die Sache jedoch gut aus: Ich handelte mit Personalabteilung und Betriebsrat, der ebenfalls vor dem durchgedrehten Osteuropäer zitterte, folgende Lösung aus: ein Jahr Freistellung bei vollen Bezügen, mit der Möglichkeit, bis zu einer gewissen Freigrenze hinzuzuverdienen. Dabei hatte ich ja noch gar nicht so lange für diesen Laden gearbeitet. Das war schon sehr ungewöhnlich, und ich hätte nicht geglaubt, dass das Unternehmen tatsächlich auf meinen Vorschlag eingehen würde. Aber der Personalvorstand höchstpersönlich hatte mir bereits offenbart: „Bei uns ist so einiges möglich!" Allerdings. Das hatte ich ja fünfzehn Monate lang hautnah miterlebt!

Das entscheidende Verhandlungsgespräch mit dem Vorstand führte ich übrigens am Handy, als ich gerade mit einer Freundin und ihrem Baby durch ein Gebüsch am Stadtrand spazierte. Da schrie schon mal das Kind, aber die ganze Sache war ja auch wirklich zum Schreien! Die infolge der Freistellung geschenkte Zeit nutzte ich dann für wirklich spannende Aktivitäten: Immobilienmakler, Übersetzer, Comedy-Auftritte sowie Reisen, unter anderem nach Brasilien. Dennoch verhielt ich mich noch lange Zeit einigermaßen umsichtig und achtete genau darauf, wer mir folgte. Schließlich kannte Igor nach eigenem Bekunden den einen oder anderen Landsmann, der Gerüchten zufolge nicht gerade zimperlich agierte. Begegnet ist mir zum Glück bis heute niemand aus dieser Riege.

Nachtrag:

Die Abteilung, der dieser egozentrische Osteuropäer vorstand, wurde aufgelöst. Fast das gesamte Personal musste gehen. Auch Igor. Dennoch ging die Sache auch für ihn gut aus: Man hat ihn weggelobt. Nun darf er an neuer Stätte die alten Probleme auf seine ureigenste Weise lösen, indem er mit hartem Akzent verkündet: „Ich bin der Boss!"

Frauke

Die fünfzehnmonatige Episode in jenem Unternehmen wäre wohl nur halb so lustig gewesen, hätte es Frauke nicht gegeben. Dass diese exzentrische Dame im besten Alter überhaupt eingestellt wurde, war – wie so manches mehr, was Igor als Abteilungsleiter ermöglichte – einfach unglaublich. Zwar hatte sich die brünette Saarländerin auf eine Stelle im kaufmännischen Bereich beworben, doch mit den in der Stellenausschreibung genannten Fachbegriffen wusste sie leider nichts anzufangen.

So ging sie in das Bewerbungsgespräch allen Ernstes mit der Vorstellung, es sei eine Aktmalerin gesucht! Das mag witzig klingen. Noch witziger war allerdings die Tatsache, dass diese krasse Fehlannahme keinen Hinderungsgrund für das Unternehmen darstellte, Frauke eine gut dotierte Position zu verschaffen! Mit Aktzeichnungen konnte sie in der Folgezeit zwar nicht glänzen, dafür mit jeder Menge Unsinn im Kopf, der den Laden tagein, tagaus gehörig durcheinanderwirbeln sollte.

Zum Einstand hing Frauke ein Nacktfoto von Robbie Williams in ihr Zweierbüro, das im Übrigen ständig mit einer neuen Person geteilt wurde, da es niemand lang in diesem kuriosen Ambiente aushielt. Weil Frauke kurz nach Stellenantritt den Weg zum katholischen Glauben fand, platzierte sie neben das Nacktbild die zehn Gebote und zündete jeden Nachmittag nach der Arbeit im nächstgelegenen

Gotteshaus eine Kerze an. Manchmal überredete sie Kollegen, mitzukommen. Herrje! Fachlich konnte oder wollte Frauke nicht allzu viel beitragen. Ihr mit Ach und Krach bestandenes Studium konnte nicht wirklich weiterhelfen, auch wenn ihre Devise lautete: „ein gutes Pferd springt knapp!" Also verlegte sie sich fortan darauf, ihre Kollegen von der Arbeit abzuhalten und an der Nase herumzuführen. Ganz im Stile eines ungezogenen Lausbuben jagte ein Streich den nächsten.

Vor allem auf einen hatte sie es abgesehen: Als der asiatischstämmige Kollege eines Tages mit Glatze bei der Arbeit erschien, bezeichnete ihn Frauke kurzerhand als ihren neuen Bodyguard, fühlte sich von der vermeintlichen „Security-Kraft" gut beschützt – und erzählte in der Kantine herum, dass es einen triftigen Grund für dessen kahlen Schädel gäbe: Seine Kinder hätten die Läuse eingeschleppt! Weil Frauke die Probleme, die sie schaffte, mitunter auf innovative Weise zu lösen versuchte, entwickelte sie während ihrer Arbeitszeit ein individuelles Entlausungsprogramm für den Kollegen – inklusive Powerpoint-Präsentation mit dem herrlichen Titel „Aus die Laus!"

Lustig wurde es auch, wenn der leidgeplagte Kollege in geradebrechtem Deutsch Dinge erklärte, die niemand verstand, beispielsweise die „Spalte" in Excel, oder als er feststellte „Wir brauchen eine Schnürr"… und eine Arbeitskollegin dann anfing, in demselben rudimentären Deutsch über die gewünschte Schnur zu schwadronieren. Frauke, die schon mal mit ihrem Tretroller bei der Arbeit erschien und zum Karneval ein Clownskostüm für Igor mitbrachte, das der leider partout nicht anziehen wollte, liebte auch Witze über Namen der Kollegen... Als sie einem Menschen namens Staudinger begegnete, fiel ihr dazu ein: „Staudinger klingt wie eine Eckkneipe in München." Bei einem polnischen Mitarbeiter, den sie überaus attraktiv fand, rief Frauke schon mal die Ehefrau an, um sich das neue I-Phone erklären zu lassen. Überhaupt interessierte Frauke bei jedem Arbeitskollegen nur das eine: „Sieht der gut aus?!"

Immer weniger gut aus sah es mit der Zeit für Frauke selbst, zumal die ständigen Späße auf Kosten anderer nicht überall auf Gegenliebe stießen. Vor ihrem endgültigen Abgang aus diesem verrückten Unternehmen ließ es Frauke aber noch mal gewaltig krachen. Nicht nur dass ständig lustige Texte – meist mit Bezug zu Kollegen – am Arbeitsplatz geschrieben und vorgetragen wurden, auch malte sie gemeinsam mit anderen Hochschulabsolventen Flugzeug-abstürze an die Tafel oder sang die von mir komponierte Hymne für das Unternehmen.

Bei einer Fortbildung legte sich Frauke schließlich ultimativ mit Milena an, einer jungen, etwas naiv erscheinenden Kollegin, die sich über Fraukes „lautes Gelache" beschwert hatte. Daraufhin nannte Frauke Milena „unsere kleine Chefin", was letztere nachhaltig erboste. Wenn die Stimmung dann vollends am Boden lag, brachte Frauke für gewöhnlich ihren Lieblingsspruch, der auch in dieser Situation hervorragend passte: „Ich liebe die Krise!" Und die Krise war am Ende von beträchtlichem Ausmaß. Alle waren sie mit den Nerven fertig. Den Wanderpokal mit der Inschrift „Edelzicke", den Frauke extra für ihre Kolleginnen gekauft hatte, konnte sie unglücklicherweise nicht mehr verleihen. Dabei war Milena als Preisträgerin schon fest eingeplant.

Frauke, die trotz aller Eskapaden die Probezeit problemlos überstanden hatte, musste nach einem Jahr gehen. Da halfen auch die Wunderheilungen nichts mehr, die sie häufig spontan am Arbeitsplatz praktizierte. Darauf mussten die geschätzten Kollegen fortan verzichten, ebenso auf Sitzungen mit Pendel und Wünschelrute. Und auch mit den atomaren Gefahren musste sich ihre Umgebung nun alleine auseinandersetzen, dabei hatte Frauke die passende Lösung auch für dieses Problem doch längst gefunden: Zum Abschied legte sie auf den Schreibtisch eines jeden Kollegen eine Radio-karbonkarte. Dies ist ein mit einer Zeichnung bedrucktes Blatt Papier, mit dem man – zumindest nach Fraukes Vorstellung – die nukleare Strahlung effektiv abwehren kann. Klingt irgendwie genial. Im Rückblick bleibt festzustellen: Das waren wirklich verstrahlte Zeiten!

Drei Patentaten für den kleinen Dichter

Manche Menschen wurden nie getauft. Oft liegt es daran, dass die Eltern eines Tages aus der Kirche ausgetreten sind und auch nicht vorhatten, diesem Verein jemals wieder anzugehören. So war es auch bei mir. Da ein gewisser Bezug zur christlichen Religion jedoch in meinem Falle nicht gänzlich wegzuleugnen ist, entschied ich mich im zarten Alter von 32 Jahren für die Erwachsenentaufe – zumal auch die irgendwann zwangsläufig erfolgende Beerdigung, hoffentlich erst im fortgeschrittenen Alter, mit christlichem Segen vielleicht etwas angenehmer ausfallen dürfte. So jedenfalls meine ureigene (naive?!) Vorstellung…

Also wurde im November 2011 die große Taufzeremonie für den schon großen NichtGanzDichter geplant. Ort des Geschehens war eine Kirche in einer Domstadt, ausführender Akteur ein für seine ungewöhnliche Gottesdienstgestaltung berühmt-berüchtigter Pastor. Aber da fehlte doch noch irgend etwas ganz Essentielles? Richtig, die Taufpaten! Was für einen Säugling recht und billig ist, kann auch für einen gestandenen Mann über dreißig so schlecht nicht sein. Eine Patentante musste also her! Moment: eine?? Nein, mehrere! Wenn schon taufen, dann richtig taufen.

Ich fragte extra beim Pfarrer an, wie viele Patentanten denn zulässig seien. Eine Begrenzung nach oben gab es offensichtlich nicht. Das fand ich gut! Somit dauerte es nicht lange, und schon hatten sich drei enge Vertraute von mir in einer komplett neuen Rolle wiedergefunden: Sie wurden zu Patentanten! Deren vornehmliche Aufgabe sollte ab sofort darin bestehen, mich auf den rechten Weg zu führen, ausgerechnet mich – zugegebenermaßen kein einfaches Unterfangen. Als ich das alles der Oma erzählte, fiel die vom Glauben ab: „Was willst du denn mit so vielen Patentanten? Sollen die dir das Köpfchen halten, wenn das Wasser kommt?" Ja, genau das sollten sie. Sicher ist sicher! Die drei Patentanten brachten drei selbstgestaltete Taufkerzen mit und sorgten für einen reibungslosen Ablauf in einem durchaus bemerkenswerten Gottesdienst. Immerhin referierte der umtriebige Pastor nicht nur über das Thema Suizid, sondern versuchte zudem neue Gemeindemitglieder mit kostspieligen Sachgeschenken anzuwerben.

Meine Geschenke bekam ich erst zuhause, das war wirklich eine schöne Bescherung. Zum gemütlichen Ausklang der großen Taufe des 186 Zentimeter großen Dichters waren zahlreiche Freunde anwesend, getaufte wie ungetaufte, von denen zwei besondere Erwähnung verdienen: zum einen die von mir damals schwer umworbene, kräftig gebaute Grundschullehrerin, die mich, ohne Schuhe wohlgemerkt, um zwei Zentimeter überragte und die auf einem weißen Barock-Stuhl „thronen" durfte.

Zum zweiten war da ein ganz besonderer Freund in meiner Altbauwohnung, über den es so manche Anekdote zu erzählen gäbe.

Die Kurzfassung: Kennengelernt haben wir uns im September 1998. Damals nahm ich mein Studium in der tiefsten süddeutschen Provinz auf. Mit meinem knallblauen Kleinstwagen hatte ich just das Studentenwohnheim erreicht, als da ein großer Mensch von kräftigerer Statur an mich heranstürmte! „Hallo! Wie geht es?" Nach unnachahmlicher, lautstarker Begrüßung erzählte er mir von diversen Themen, die ihn gerade zu beschäftigen schienen: seine Situation im Studentenwohnheim, seine Studienleistungen, die Besonderheiten der russischen Grammatik, die Vorzüge polnischer Munition – ehe er auf einmal mir nichts, dir nichts wieder verschwand, natürlich nicht, ohne sich angemessen zu verabschieden ... mit den Worten: „Also dann tschüss!!!"

Man sollte dazu wissen, dass der diplomierte Astrophysiker nicht nur ein ausgesprochen feiner und verlässlicher Gefährte ist, sondern darüber hinaus Asperger-Autist. So ziehen wir uns seit vielen Jahren mit unseren kleinen Unzulänglichkeiten, von denen es auch in meinem Falle nicht wenige gibt, gerne gegenseitig auf. Das führt mitunter zu abenteuerlichen Situationen, etwa, als wir einen gemeinsamen Reeperbahn-Bummel unternahmen, der völlig anders endete als geplant, was an dieser Stelle jedoch nicht weiter vertieft werden soll.

Hervorzuheben ist vielmehr, dass sich jener inselbegabte Freund seit Jahren dem christlichen Glauben zugewandt, wenn nicht verschrieben hat, so dass gerade für ihn meine Taufe im Jahre 2011 ein ganz besonders elementares Ereignis darstellte.

So klang die Taufe des nicht ganz Dichten in einer gemütlichen und überaus illustren Runde aus. Und mittendrin statt nur dabei: natürlich die drei Patentanten für den kleinen, großen Dichter. Halleluja!

Kleine Eselei auf der Pferderennbahn

Man muss mit vielem rechnen, wenn man Menschen über das Medium Internet kennengelernt. Jedenfalls hatte diese brünette Kölnerin Ende 20 nicht nur erstaunlich viele Locken auf dem Kopf, sondern auch erstaunlich seltsame Hobbies. Auf meine Frage, was sie denn so interessiert, antwortete sie: „Esel". Das mag andere vielleicht überraschen, mich jedoch nicht, denn ich war mit diesem Thema ganz gut vertraut. Immerhin teilte auch Frauke aus gemeinsamen beruflichen Zeiten diese Vorliebe für Esel. Dazu ging sie regelmäßig in den Stadtwald und schaute den Tieren bei Aktivitäten aller Art zu. Die brünette Internetbekanntschaft war nach eigener Aussage ebenfalls häufig im Stadtwald zugange. Um genau zu sein: Sie malte dort Esel-Porträts.

Mit mir traf sie sich allerdings zu einem anderen Anlass: Auf dem Programm stand das alljährliche Western-Fest auf der Pferderennbahn in Köln-Weidenpesch, bei dem neben sportlichen Aktivitäten auch Speis und Trank angeboten werden. Soweit eigentlich kein Problem. Für mich sowieso nicht. Doch die Esel-Freundin tickte da etwas anders, denn: Sie mochte zwar Esel, offenbar auch Pferde, jedoch kein Fleisch.

So beging ich also den folgenschweren Fehler, eine Portion Räubertopf zu bestellen. Dieses Gericht besteht aus Reis mit Schweinefleischstückchen und Paprikastreifen – und ich muss diese bezaubernde offenkundige Vegetarierin wirklich ungemein provoziert haben, indem ich es wagte, mir tatsächlich Nachschlag zu holen. Infolgedessen richtete sie ihre Blicke immer kritischer auf meinen vollen Teller, die Miene verfinsterte sich unaufhörlich... und dann war der Moment gekommen, an dem es kein Halten mehr gab. Es musste einfach raus... das, was eine junge Frau von Ende 20 in einer solchen Situation eben so sagt, nämlich: „Ich kann mir das hier nicht länger ansehen – ich gehe!"

Upps? Kaum hatte sie es gesprochen, da war sie auch schon weg! Auf und davon! Und ich stand da wie der Ochs vorm Berg... Tja, dieser böse, böse Räubertopf, der leider zu vorzüglich schmeckte, war wohl eindeutig zu viel für dieses seltsame Exemplar, das im Übrigen gar nichts gegessen hatte. So habe ich eine Eselei ersten Ranges erleben dürfen – bin aber anständig satt geworden!

Nachsatz:

Man könnte nun auf die Idee kommen, der NichtGanzDichter sei ganz schön verfressen. Ja, es stimmt, mitunter kommt wirklich ein Bärenhunger auf! Dennoch ist es bei einer normalen Figur geblieben – nachdem Anfang 2007 die Pfunde des Dichters nur so gepurzelt waren, um genau zu sein: Es waren 25 Kilogramm in vier Monaten. Eine Extraportion Räubertopf ist also auch in Zukunft jederzeit drin!

Händchenhalten, bis dass der Türsteher uns scheidet

Händchenhalten ist normalerweise etwas überaus Romantisches. Mann und Frau bzw. in Köln gerne auch mal Mann und Mann kommen sich näher, beschnuppern sich, und in Fällen der besonders ausgeprägten Zuneigung wird auch schon mal mehr daraus. Händchenhalten kann jedoch auch lustig sein, sogar regelrecht verrückt und mitunter körperlich anstrengend! Wie das denn? Davon erzählt die folgende Geschichte, die sich im Sommer 2012 in einer Kölner Bar unweit des Zülpicher Platzes abspielte.

Dort fand die monatliche Dichterlesung statt, wobei die Besonderheit darin bestand, dass jeder Besucher die Möglichkeit erhielt, in der zwanzigminütigen Pause zwischen den Vorträgen ein maximal achtzeiliges Gedicht zu zwei vorgegebenen Stichworten zu verfassen. Dieser geistige Erguss wird anschließend von der Moderatorin „anonym" vorgetragen und vom Publikum bewertet. So war es auch an jenem Tag, und nachdem ich bereits mehrmals mit meiner spontanen Lyrik zum Dichterkönig gekrönt worden war, hatte ich als Leckerli einen Reim für eine ganz bestimmte, von mir durchaus geschätzte Schriftsteller-Kollegin parat.

So trug ich für die zufällig anwesende Lisa T. gegen Ende der Veranstaltung am offenen Mikrofon die ultimative Huldigung vor. Ich pries die sympathische Kreative in den schönsten und schillerndsten Tönen. Kurzum, es war die totale Bejubelung zugunsten dieser netten, blonden Kölnerin, die mir bei dem einen oder anderen Poetry Slam auch heute noch begegnet. Kaum war das Gedicht verlesen, da fing der Spaß aber erst richtig an! Da Lisa T. und ich uns recht gut verstanden, gaben wir uns die Hand. Soweit noch nichts Besonderes. Doch beim bloßen Händeschütteln sollte es nicht bleiben. Viel zu langweilig – das kann ja jeder! Also machten wir es mal anders: Wir ließen unsere Hände so schnell nicht mehr los. Nur für den Augenblick?! Nein, auf Dauer! So folgten wir uns auf Schritt und Tritt, egal wohin der Weg und unser Herz uns auch führten.

An der Bar, auf der Tanzfläche, selbst in der Keramikabteilung dieser Lokalität: Stets blieben unsere Hände in Kontakt. Und es bedurfte keinerlei Absprache, um die Aktion auf genau diese Weise durchzuziehen. Dieses durch und durch intensive Erlebnis für Körper und Geist dauerte ungelogene zwei Stunden an, Lisa und ich konnten schlichtweg nicht mehr voneinander lassen. Welch eine Verbundenheit, wenngleich eher manueller Natur! Wie festgekettet aneinander verlebten und verklebten wir diesen denkwürdigen Abend in lyrischem Ambiente in der Kölner City! Doch leider, leider hat alles irgendwann ein Ende, und das galt in diesem Falle auch … für unsere Hände!

Die Trennung der zwei Unzertrennlichen kam zwangsläufig, nämlich in dem Moment, als das Lokal seine Pforten schloss! Dies war doch wirklich ein passender Anlass, um die Handflächen endlich wieder zu öffnen. Oder wie der Psychologe jetzt sagen würde: Man muss eben auch mal loslassen können.... Irgendwie fühlte sich das befreiend an, aber trotzdem war es zu schade, dass wir das wohl verrückteste Händchenhalten, das Köln je gesehen hat, nicht weiter fortsetzen konnten. Doch zumindest hat die Wendung vom „zur Hand gehen" mit dieser durch und durch „handzahmen" Aktion eine ganz besondere Bedeutung erlangt, zumindest für Lisa und mich.

Ein spektakulärer Abgang

Im kalten Winter 2013 erwartete mich ein heißes Date. Ort des Geschehens: Ein Hotelzimmer in Weimar, Protagonistin: eine nicht ganz kleine und auch nicht ganz dünne Thüringerin, so wie ich es durchaus gerne habe. Der Reihe nach: Am vereinbarten Treffpunkt in der Innenstadt holte mich die Endzwanzigerin ab und brachte mich mit ihrem Wagen zunächst zu Mc Donalds. Erwähnt werden sollten an dieser Stelle die Witterungsbedingungen: An jenem Januartag herrschte starker Schneefall, die Straßen waren schwer befahrbar.

Im Fast-Food-Restaurant angekommen, vertilgte die potentielle Herzensdame gleich mehrere Burger und ich eine mittelgroße Portion Pommes. Tiefsinnige Gespräche waren eher nicht ihr Ding. Vom kulturellen Anspruch Weimars konnte sie mir daher nicht wirklich viel vermitteln – Weimarer Klassik? Fehlanzeige! Man sollte vielleicht noch ihren Namen erwähnen, womit sich einiges erklären dürfte: Ja, Mandy.. sie war schon eine umtriebige Blondine! Nach dem Fast Food ging es ebenso schnell Richtung Hotel. Die Straßen waren inzwischen schnee- und eisbedeckt, doch Mandy kam mit den widrigen Umständen gut klar und erreichte frohen Mutes ihr Ziel.

Es war wirklich schön mit diesem ostdeutschen Prachtexemplar – Mandy wusste zu überzeugen, wir beide konnten die Zweisamkeit in vollen Zügen genießen, doch … es gab einen Haken! Und der sollte alsbald zum Vorschein kommen: Nicht nur, dass Mandy nicht gerade die allerhellste Kerze auf der Torte war, leider war sie auch psychisch nicht die Allerstabilste. Was sie mir erzählte, klang, vorsichtig ausgedrückt, recht schräg, und Mandy schwankte permanent zwischen Euphorie und Verfolgungsängsten. In der Folge war sie sich auf einmal nicht mehr sicher, ob sie die Nacht im Hotel verbringen sollte oder lieber doch nicht? Immerhin kannte sie mich ja kaum. In dieser Situation könnte eine normale Reaktion darin bestehen, dass Mandy sich verabschiedet und auf den Heimweg macht. Das hätte ich gut verstanden. Aber nein. Mandy tat etwas viel Spektakuläreres, nahezu Geniales. Was könnte das wohl sein?!

Nachdem ich irgendwann eingedöst war und mitten in der Nacht wieder aufwachte, war Mandy nicht mehr da. Sie hatte das Hotel verlassen. Aber sie hat es nicht irgendwie verlassen, sondern auf die folgende Art und Weise: In ihrer SMS an mich stand wortwörtlich: „Habe die Feuerleiter genommen!" Das war ein Ding! Ich stellte mir das alles bildlich vor, Mandy in Aktion, durchs Fenster, über die Feuerleiter … und konnte diesen filmreifen Abgang nicht wirklich glauben.

Zu bedenken ist, dass es sich bei Mandy um einen Menschen handelt, der die 100-Kilogramm-Marke locker überspringt. Ein Freund von mir würde hier von einem „wuchtigen Brummer" sprechen. Später erfuhr ich den Grund für Mandys beherztes Tun. Die

Hoteltür war nachts verschlossen gewesen! Tja, was liegt da näher, als sich aus dem ersten Stock über die Feuerleiter in den knietiefen Pulverschnee hinabzustürzen?! Seitdem ist Mandy „die Frau mit der Feuerleiter".

Die Tanzlehrerin

Unter all den schrägen Exemplaren, die man über das Medium Internet so kennenlernen darf, verdient eine Person ganz herausragende Erwähnung, denn so lustig und skurril wie mit ihr wurde es mit kaum jemandem sonst. Noch heute führt die Erinnerung an die Geschehnisse rund um die Tanzlehrerin für nicht enden wollende Lachkrämpfe.

Der Reihe nach: Über ein Freizeit-Forum hatte ich Sabrina kennengelernt und mit ihr längere Zeit Emails geschrieben. Eines Tages beschlossen wir, uns anlässlich einer Kabarett-Veranstaltung in Köln zu treffen, über die ich für eine Lokalzeitung berichten wollte. Gesagt, getan. Mir begegnete eine Frau Mitte 30, nett und adrett, nach ihren Worten studierte Betriebswirtin und: Betreiberin einer Tanzschule! Spezialisiert sei sie auf lateinamerikanische Tänze. Klang interessant. Wir verlebten einen unterhalt-samen und phasenweise recht lustigen Abend.

Doch manche ihrer Schilderungen hätten mich eigentlich schon stutzig machen müssen. So habe sie sich beispielsweise in der Nähe von Aachen eine alte Mühle gekauft und zum Wohnhaus umgebaut. Der Clou: Wenn sie im Dachgeschoss den Wohnzimmer-tisch dreht, dann dreht sich gleichzeitig draußen das Mühlrad! Klingt komisch, ist aber so. Dass sich bei Sabrina wohl eher im Kopf so einiges drehte, wenn auch nicht ganz in die richtige Richtung, das erfuhr ich eindrucksvoll gegen Mitternacht. Mein Handy klingelte, und die Tanzlehrerin wies mich aufgeregt darauf hin, ich solle bloß keinen Zeitungsartikel über sie schreiben! Aber warum denn auch? Ich berichte doch lediglich über das Kabarett und nicht über sie! Da war Sabrina erst mal erleichtert und erzählte mir eine Geschichte. Eine Story, die sich gewaschen hatte:

Sie stünde unter Personenschutz, denn das Betreiben einer Tanzschule sei sehr gefährlich. In Köln und in Düsseldorf würde man sie verfolgen, es seien bereits Farbbeutel-Attentate auf sie verübt worden. Auch habe die Tanzlehrerin mehrfach die Identität gewechselt. Außerdem habe man in der Fußgängerzone Flugblätter gegen sie verteilt. Ein paar Tage später bekam ich eine Email mit weiteren drastischen Schilderungen. Man verfolge sie dermaßen, dass sie sich erst einmal etwas zurückziehen werde…. Wünsche nach häufigerem Kontakt werde sie nicht bedienen können. Sie müsse gegen all die Gefahren kämpfen – und werde sich dann wieder melden.

Ich war etwas geflasht. Was geht in diesem Menschen vor? Will sie mich veräppeln? Ist sie krank? Und vor allem: Wie reagiert man darauf? Am besten gar nicht, empfahl mir meine damals 82-jährige Oma. Doch ich beschloss es schließlich anders. Ich reagierte auf Sabrinas Email. Und zwar so:

„Liebste Sabrina,

es tut mir leid, dir mitteilen zu müssen, dass ich mich nun von der Außenwelt - und daher leider auch von dir - vorerst zurückziehen muss. Der Grund: Die Gefahr schwebt permanent über mir...

Angsterfüllt, die Schweißperlen auf der Stirn, blicke ich aus dem Fenster und sehe die Kampfdrohnen am Himmel, das Gelände in Köln-Weidenpesch ist weitläufig abgeriegelt. Schutzmaßnahmen werden ergriffen, denn die feindlichen Al-Kaida-Kämpfer haben es auf mich abgesehen und mich zu ihrem Feind auserkoren. Den Heiligen Krieg haben sie nun bis zur Kölner Galopprennbahn ausgeweitet. Die Pferde haben das Geläuf längst verlassen. Glücklicherweise wurde mir Personenschutz durch die GSG 9 zur Verfügung gestellt, außerdem haben westliche Geheimdienste ihre Bereitschaft signalisiert, mir zur Seite zu stehen. Eine Galionsfigur im Kampf für Freiheit und Menschenrechte, wie ich sie nun mal bin, darf nämlich nicht geopfert werden.

Dennoch habe ich Angst vor den Maschinengewehrsalven, die mich heute schon um fünf Uhr in der Früh aus dem Schlaf rissen. Diesmal waren es nicht wie sonst die Räuber aus dem nahegelegenen Wald, nein, es waren bestens ausgebildete Terroristen aus Pakistan. Ein weiteres Problem sind die Lösegeldforderungen, die Jennifer Müller aus Köln-Kalk vorgestern an mich herangetragen hat, nachdem sie meinen Hamster entführte. Diese unsägliche Person hat während eines Stadtbummels meine kurze

Unachtsamkeit ausgenutzt und das Tier aus meiner Handtasche gestohlen. Was für ein Frevel! Ich befinde mich in Lösegeld-Verhandlungen mit Jennifer Müller, was die Rückgabe meiner geliebten Lulu betrifft.

Darüber hinaus lässt mich Karolina nicht in Ruhe. Die weltbekannte Sängerin, Schauspielerin und Modedesignerin stalkt mich jetzt schon seit drei Jahren. Sie belästigt mich so extrem, dass ich schon mehrfach meinen Wohnort wechseln musste, wodurch ich die halbe Welt kennengelernt habe. Nicht nur dass Karolina mir ständig nachreist, nein, sie überflutet mich mit Emails, lässt meinen Briefkasten mit ihren Liebesbriefen überquellen und schickt mir ab und an noch ihre Schwester vorbei, um die Ernsthaftigkeit ihrer Liebesmüh zu unterstreichen. Ich habe mehrfach schon überlegt, meine Identität zu wechseln, bin aber mangels Zeit noch nicht dazu gekommen, weil ich ja auch noch so viel arbeite!

Zu allem Überfluss wurde ein Attentat auf mein expandierendes Unternehmen verübt, dabei wurden Flugblätter mit feindlichen Botschaften in fremden Sprachen aus einem Helikopter abgeworfen. In meiner Umgebung werden zunehmend Farbbeutel-Anschläge, Auftragsmorde an wehrlosen Kaninchen und rabiate Trickdiebstähle ausgeführt, die Sicherheitsbehörden und der Tierschutz sind den Verschwörern aber längst auf der Spur! Allerhand zu tun, wie du sicher merkst. Ich lebe in der Tat in großer

Gefahr. Bei einem Prominenten wie mir, der täglich im Rampenlicht steht und der 25 Stunden am Tag arbeitet, ist das leider eine unangenehme Begleiterscheinung.

So wünsche du mir bitte viel Kraft, dass ich nicht in die Hände der Terroristen falle, dass man mir die geliebte Lulu zurückgibt und dass man mir vor allem nicht auch noch die letzte Flasche Cola Light aus meinem Kühlschrank klaut. Sonst muss ich hier verdursten. Angesichts dieser enormen Gefahrensituation wirst du sicher Verständnis dafür haben, dass ich Wünsche nach häufigem Kontakt derzeit nicht bedienen kann. Eine Terminvereinbarung ist realistischerweise ab dem Jahr 2019 möglich – sofern bis dahin alle Bedrohungen abgewehrt sind.

Liebe Grüße"

Gemeldet hat sich die Tanzlehrerin übrigens nie wieder. Ich mache mir nur ein wenig Sorgen um Jennifer Müller. Hoffentlich hat Sabrina die Realschülerin aus Köln-Kalk in Ruhe gelassen! Immerhin hat diese Übeltäterin meinen Hamster gestohlen!

Die Hohlfritte

„Habe Mut, dich deines eigenen Verstandes zu bedienen". Dieser gutgemeinte Rat von Immanuel Kant wird leider dann ins Leere gehen, wenn sich im Schädel ein solcher Verstand schlichtweg nicht lokalisieren lassen will. Das Problem der Hohlheit im Kopfinnenraum veranschaulichte auf eindrucksvolle Weise eine waschechte Rheinländerin, mit der ich mich abends in Köln zu einem Drink verabredete. Diese Internetbekanntschaft führte mich in ein Lokal, in dem kölsche Musik, Schlager und leichte Unterhaltung aller Art hoch im Kurs stehen.

Die sympathische Dame Anfang 40 berichtete mir detailreich von ihrem beruflichen Werdegang, der sie inzwischen in eine Versicherung geführt hat. Dort arbeitet sie angeblich in der Leistungsbearbeitung. Alles andere sei ihr zu kompliziert, bekannte sie freimütig. Sie fände es gut, dass sie diesen Job hinbekomme, denn sie mag eher die einfachen Dinge. Schwierigere Sachen habe sie noch nie gepackt, auch nicht in ihrer Versicherung. Was sie so interessiert? Ihre Antwort: „Bier und Schlager". Nun ja! Will sie mich vielleicht veräppeln oder auf witzige Weise loswerden? Leider nein! Während sie mir mit einigem Enthusiasmus ihre Lieblingsschlager näherbrachte, entwickelte sich mit der Zeit ein anregendes Gespräch: über den Ballermann, den Megapark und weitere rustikale Party-Locations von Mallorca bis Kölle.

Nachdem diese überaus lebenslustige Blondine ein Loblied auf ihre eigene Schlichtheit gesungen hatte, schlug sie – ganz ihrem Style entsprechend – vor, den Abend im Brauhaus „Gaffel am Dom" ausklingen zu lassen. Also kehrten wir dort ein und sangen eifrig kölsche Lieder. Dass es meine Begleitung mit dem Verstand nun wirklich nicht so hatte, unterstrich sie zur Krönung dieses denkwürdigen Abends mit folgender Aussage: „Weißt du, ich bin eine echte Hohlfritte. Und die meisten meiner Freunde sind es auch!" Tja, daran habe ich nun wirklich nicht den geringsten Zweifel! Somit werde ich mich an diese sympathische kölsche Hohlfritte ganz gewiss erinnern, wenn ich das nächste Mal eine Portion Pommes esse … am liebsten in der Schinkenstraße!

Isabella in Love oder: Eine Flucht durch die Innenstadt

Die Mannheimer Episode im Jahr 2013 war alles, nur nicht langweilig. Die Oma stand nach eigenem Bekunden phasenweise kurz vor dem Herzinfarkt, nach allem, was sie dank und mit mir erleben durfte bzw. musste. Immerhin war es oft auch außerordentlich amüsant! Einen kleinen Beitrag zu regelmäßiger Aufregung lieferte eine gewisse junggebliebene Kolumbianerin Mitte dreißig mit dem schönen Namen Isabella. Sie lernte mich in einem Online-Freizeitportal kennen und schätzen – allerdings mehr als mir lieb war. Aber ich hatte ihr wohl falsche Hoffnungen gemacht, hatte die Sache viel zu weit gedeihen lassen und nie einen Schlussstrich darunter gezogen.

Isabella hatte mich jedenfalls unablässig im Blick: Liebesbezeigungen wechselten mit rasender Eifersucht und Fragen nach „anderen Frauen". Ständig musste ich ihr erklären, wo ich aktuell bin und mit wem ich mich treffe. So entstanden SMS-Dialoge wie: „Wen datest du gerade?" – „Meine Oma im Pfälzerwald." – „Das glaube ich dir nicht." Und es war die Wahrheit. Tatsächlich. Mit Isabella, die sehr wohl wusste, dass ich keine Beziehung anstrebte, weil ich einfach zu wenig Zeit und zu viele Baustellen in meinem Leben hatte, kam es zu einigen Treffen. Mal war es in der Stadt, mal bei mir in der Wohnung, doch eine Begegnung ragte ganz besonders heraus:

Wie schon mehrere Male zuvor saßen wir in einer angesagten, exklusiven Lounge über den Dächern von Mannheim. Es hätte ein stimmungsvoller Abend werden können, die untergehende Sonne warf ihr warmes Licht auf die weitläufige Terrasse. Doch es kam alles ganz anders. Isabella und ich unterhielten uns über unsere Arbeit. Sie als Informatikerin war – sofern es überhaupt stimmt – selbständig in Projekten tätig, aber mehr als unzufrieden mit ihrer beruflichen Situation. Ich stimmte in ihr Klagelied ein und berichtete von meinen alles andere als netten Arbeitskollegen inklusive besoffenem und pöbelndem Chef. Da wir beide nicht sonderlich glücklich zu sein schienen, kam ich auf eine originelle, leider nicht allzu gute Idee, was ich jedoch nicht voraussah: „Isabella, lass uns doch nach Kolumbien gehen und Kokain anbauen. Damit leben wir beide viel besser!"

Die Reaktion der holden Maid ließ nicht lange auf sich warten, fiel allerdings weniger wohlwollend aus als erhofft: „Du beleidigst mein Land! Ich gehe!" Sprach es und erhob sich unübersehbar empört von ihrem Stuhl. Ich versuchte noch, beruhigend auf sie einzuwirken und klarzustellen, dass dies doch bloß ein blöder Spruch gewesen sei, mehr nicht. Es täte mir leid. Es half nicht. Notgedrungen blieb mir nichts anderes übrig als ebenfalls das Lokal zu verlassen. Also zahlte ich, entnervt wie ich war, die Rechnung und lief hinaus.

Doch jetzt gab es kein Halten mehr! Isabella schrie auf einmal auf mich ein und nahm meine Verfolgung auf. Mein Spruch über ihr Land ließ ihr keine Ruhe. So wurden meine Schritte schneller und schneller, die Mannheimer Planken auf und ab, schnurstracks Richtung Haltestelle am Hauptbahnhof. Die Kolumbianerin rannte, wild gestikulierend und schimpfend, doch war ich ihr zum Glück den entscheidenden Schritt voraus, so dass sie mich nicht mehr einholte. Gerade noch sprang ich in die Straßenbahn und fuhr davon, ehe die beleidigte Verehrerin wutentbrannt gegen die Scheiben hätte trommeln können. Das war meine fast filmreife Flucht vor Isabella. Natürlich dauerte es nicht lange, da hat sie sich wieder gemeldet – mit einer Unmenge an SMS-Nachrichten. Und es sollte auch nicht die letzte Begegnung gewesen sein mit dieser durch und durch temperamentvollen Latina…

Ein blauer Schlumpf zu viel

Was haben blaue Haribo-Schlümpfe mit Problemen am Arbeitsplatz zu tun? Eine ganze Menge, wie die folgende Geschichte zeigt. Das Unternehmen, bei dem ich damals tätig war, vertreibt nicht nur innovative Produkte in die ganze Welt, sondern beschäftigt auch zwei junge Kolleginnen, die die körperliche Nähe ihres Chefs gerne erdulden und im Gegenzug um die Arbeit einen weiten Bogen machen. Dazu pinnen sie mit Vorliebe lustige Postkarten mit Sprüchen zum Thema Belästigung am Arbeitsplatz an die Bürowand und grinsen, wenn der Chef mal reinkommt.

Diese beiden jungen Frauen fallen somit zum einen durch ihre Narrenfreiheit auf, die ihnen einen sicheren Posten garantiert, darüber hinaus durch ihre konsequente Verweigerung einer anständigen Mahlzeit. Sie essen kein Fleisch, sie essen auch sonst nicht viel, und dies hat sich in ihrer Figur längst niedergeschlagen, sprich: Wir reden hier in beiden Fällen von ausgeprägtem Hungergerippe. Da ich in Fragen der Nahrungsaufnahme bekanntermaßen das exakte Gegenteil fabriziere, waren die Schwierigkeiten vorprogrammiert. Schließlich verzehrte ich in der Mittagspause reichlich Fleisch und versüßte mir den Genuss sogar mit der einen oder anderen Flasche Cola Zero, was abfällig kommentiert wurde, z.B. mit der süffisanten Frage: „Hattest du einen Bruder, der dir immer alles weggegessen hat, so wie du hier das Essen in dich reinschaufelst?"

Ja, man merkt schon, seitdem sich diese beiden netten Damen, die ständig für den nächsten Halbmarathon trainierten, von der fachlichen Arbeit wegentwickelt hatten, konnten sie sich den wirklich wichtigen Themen zuwenden. Ihre dauernde Kritik an meinen Ernährungsgewohnheiten hielt die jungen Frauen jedoch nicht davon ab, eines Tages eine Plastikdose im Büro aufzustellen, gefüllt mit blauen Schlümpfen von Haribo. Die Idee dahinter: Jeder Kollege, der Lust auf Süßes verspürt, kann sich daraus bedienen. Und genau das tat ich dann auch – was sich leider als großer Fehler erwies und weitreichende Folgen nach sich ziehen sollte.

Es dauerte nämlich gar nicht lange, da beschwerten sich die beiden Vegetarierinnen beim Chef. Nicht wegen meiner Arbeit, nein, darauf kam es in dieser Firma nicht an, wir spielten sowieso laufend Kicker. Nein, es war wegen der blauen Schlümpfe. Ich hatte wohl einen zu viel gegessen. Und das war jetzt ein echtes Problem. Obwohl ich diesen Fauxpas aufrichtig bedauerte und bereute, waren meine Tage in diesem Laden ab jetzt endgültig gezählt. Wenig später wollte man dann nicht mehr mit mir zusammenarbeiten. Zwar gab es noch ein Coaching mit einem externen Trainer, der die Wogen glätten sollte und der die Firma mehrere Tausend Euro kostete, doch die Damen waren untröstlich. Sie bestanden auf meinem Abgang. So kam es dann auch, und ich sah es ja irgendwie ein: Ich passte von den Ernährungsgewohnheiten her einfach nicht zu diesem Arbeitgeber. Es war definitiv ein blauer Schlumpf zu viel.

Zwei Seelenverwandte, die ich gar nicht wollte

Während meiner Zeit im Südwesten Deutschlands kam ich in einen Genuss der ganz besonderen Art. Sicher ist es etwas Schönes, einen „Seelen-verwandten" zu haben. Vielen widerfährt ein solches Glück im ganzen Leben nicht – ich hingegen bekam gleich zwei davon auf einen Streich, zwei Seelenverwandte! Und das waren wirklich illustre Gesellen. Zum einen war es mein pöbelnder Chef, der mich ins Büro zitierte, mich zunächst mit hochrotem Kopf durchbeleidigte, mir den „Rausschmiss" an-kündigte, um mir zum Ende seiner Wutrede mitzuteilen: „Ja, ich schmeiße Sie raus! Aber nur durch diese Tür! Was haben Sie denn gedacht?! Ich brauche Sie noch! In zwei Monaten schmeißen Sie hier den ganzen Laden!"

Ja, und dieser charmante Akademiker, der angeblich allabendlich kulturelle Veranstaltungen besucht, verstieg sich schließlich zur Behauptung: „Wissen Sie eigentlich: Sie sind mein Seelenverwandter!" Wow, das wusste ich ehrlich gesagt noch nicht. Aber so ein Kompliment hört man doch gerne! Und wer war wohl die zweite Person, die eine solch innige Nähe zu mir verspüren könnte? Natürlich kam da nur eine in Betracht: Isabella, die liebestolle Senorita aus Kolumbien! Noch geflasht vom Austicken meines Vorgesetzten, die unflätigen Beleidigungen noch im Ohr, traf ich meine permanent eifersüchtige Verehrerin an jenem denkwürdigen Tag direkt nach Feierabend in einer exquisiten Konditorei. Auf Stil legte sie, anders als mein Chef, nämlich Wert, wenngleich die Rechnung grundsätzlich ich bezahlte.

Als mich Isabella bei einem Stück Schwarzwälder Kirsch dann als ihren Seelenverwandten bezeichnete, konnte ich mich vor Lachen kaum noch halten. Was denn los sei? Immerhin seien wir uns schon mehrmals zufällig in der Stadt begegnet! Wenn das kein Zeichen sei... Ich erklärte ihr, dass es da noch so jemanden gibt, der sich zur geistigen Verbundenheit mit mir bekannt hat! Und das vor noch nicht einmal drei Stunden! Allerdings könnte ich sie beruhigen: Nein, diesmal ist es keine Nebenbuhlerin – sondern ein kleiner bärtiger Mann, der gerne pöbelt, trinkt und sich mein Chef nennt. Das fand sogar Isabella lustig.

Die Dirmsteinerin

Da gab es noch die „Dirmsteinerin". Die Oma sagte regelmäßig, sobald ich auf dieses Thema zu sprechen kam, in ihrer ureigenen Pfälzer Art: „Lass doch die Finger von diesen blöden Weibern!" Dass die Dirmsteinerin tendenziell zu genau dieser Fraktion gehörte, konnte man nicht leugnen. Jedoch war die Dirmsteinerin auch jene Frau, die doch tatsächlich von sich behauptete, sie sei die Allerschönste. Zumindest in Dirmstein – einem 3000-Seelen-Ort im Leiningerland.

So verabredeten wir uns, nachdem sie sämtlichen Freundinnen in Dirmstein von mir berichtet hatte und sie alle in sicherer Entfernung kichernd meine Ankunft erwarteten, in ihrem Haus in Dirmstein zu einem ziemlich interessanten Date. Wir trafen uns noch mal und noch mal, schließlich auf dem Wurstmarkt in Bad Dürkheim, dem größten Weinfest der Welt, dessen Besuch im Übrigen wirklich lohnenswert ist. Diese Begegnung, die zugleich die letzte gewesen sein sollte, verlief allerdings nicht sonderlich nett und weniger kussreich als die erste. Tiefergehende Gespräche waren eher weniger möglich, wenngleich die Dirmsteinerin angeblich BWL an einer Fachhochschule studiert haben will. Man merkte davon nicht viel.

Aber sie sah tatsächlich gut aus, blond, schlank, na gut, etwas schwer verständlich war sie auch. Und allzu gewählt drückte sie sich leider auch nicht aus. Die Herkunft können manche Menschen eben nur mühsam verbergen. Mit Ausnahme des ersten Treffens hätte man sich bei der Dirmsteinerin den Rest wirklich schenken können. Aber das weiß man bekanntlich immer erst hinterher. Wenigstens weiß ich jetzt, wer die Allerschönste im ganzen Land ist. Im ganzen Land?! Ach nein, nur im Leiningerland, genauer gesagt: in Dirmstein.

„Weisch..."

Dass die Menschen hinsichtlich ihrer Begabungen recht unterschiedlich ausgestattet sind, erlebte ich eindrucksvoll an einem sonnigen Spätsommertag im Café Journal in Mannheim. Verabredet war ich mit einem Menschen aus Brühl, der im Internet Freunde sucht. Das klang ja zunächst nicht verkehrt. Schlagartig änderte sich das, als dieser Mensch den Mund aufmachte:

„Isch wohn in Brühl, weisch, isch hab da jetzt Arbeit gefunden, weisch". Er setzte seine Ausführungen wie folgt fort: „Isch war lange auf Hartz IV, weisch, jetz hab isch endlich Wohnung gefunden, und isch hab jetzt Arbeit, weisch..." Wichtig war ihm noch folgendes: „Isch suche Freunde, weisch.. gut, dass wir uns jetzt getroffen haben, dann können wir öfter was machen, weisch... Isch habe nämlich jetzt Wohnung gefunden, weisch, in Brühl, weisch, isch hab jetzt auch Arbeit, weisch.."

Dann wollte er wissen, was ich denn eigentlich so mache. Da ich schwer vermutete, dass der stolze Neu-Brühler Begriffe wie „Controller" oder „Reporting" noch nie gehört hat, erklärte ich ihm in einfachen Worten, dass ich viel mit Zahlen zu tun hätte und mit Tabellen. „Ah, du bisch dann sowas wie ein... wie ein.. Büro... äh, wie heißt das?" – „Bürokaufmann?" – „Ja, genau!" Naja, nicht ganz. Ich bin kein Bürokaufmann, aber sitze immerhin in einem Büro.

Der Mann aus Brühl – was übrigens ein kleiner Vorort von Mannheim ist – hatte leider nicht nur Probleme mit dem sprachlichen Ausdrucksvermögen, weisch... sondern auch ... mit den Finanzen. So bezahlte ich sein Getränk und lud ihn spontan zu einem rustikalen Essen ein, was ihn ehrlich erfreute. Wir liefen noch gemeinsam ein Stück durch Mannheim, wobei die laute Aussprache meiner Begleitung die Blicke neugieriger Passanten auf uns zog. Und an der Thematik hatte sich leider, leider noch immer nichts geändert: „Isch habe jetzt Arbeit gefunden, weisch. Isch habe jetzt Wohnung in Brühl, gut, dass wir uns getroffen haben, weisch, isch suche Freunde, weisch..."

Nach anderthalb Stunden war es dann endlich vorbei mit dieser angeregten Plauderei. Jetzt hatte ich nur noch einen einzigen Wunsch: möglichst schnell ein Gespräch mit einem halbwegs intelligenten Menschen zu führen! Und meine Stoßgebete lauteten in etwa so: „Herr, lass bitte, bitte Hirn vom Himmel regnen!" Ach ja: Freunde suche ich mir vielleicht auch... aber er wird es definitiv nicht .... Weisch...

Im Garten der Lüste

Es war das Jahr, in dem ich bei der „Comedy-Schlacht von Ludwigshafen" nicht nur den dritten Platz belegte, sondern auch den mir bestens bekannten Saunameister aus meiner Stammsauna auf der Bühne wiederfand. Der referierte detailverliebt über Körperteile, die sich zwischen Holzlatten verfingen und nur unter Zuhilfenahme technischen Geräts wieder freigelegt werden konnten. Übertroffen wurde dieser amüsante Abend jedoch von einem anderen Ereignis. Schon der Name versprach Verheißungsvolles: Im „Garten der Lüste" sollte er also stattfinden, der sagenumwobene Erotik-Poetry-Slam im Jahre 2013.

Poesie in knisternder Atmosphäre, ein Garten mit der einen oder anderen verbotenen Frucht? Diese Kombination klang verlockend! Wie in den Vorjahren stand die Veranstaltung ganz im Zeichen der härteren Spielart. Dieser spezielle Literaturabend zieht nämlich, neben „stinknormalem" Publikum, insbesondere die Freunde der BDSM-Szene an wie die Motten das Licht. Für nicht Eingeweihte: Bondage and Discipline, Domination and Submission, Sadism and Masochism lautet die Devise! Bedeutet im Klartext: Lack und Leder, Peitschen und Gerten, Herrinnen und Sklaven – und das alles im urigsten Pfälzer Dialekt! Einfach herrlich!

So dauerte es nicht allzu lange, da betrat eine Domina die Bühne und hielt ihren Sklaven an der Kette, während sie ihren lyrischen Erguss zum Besten gab, sehr zur Freude der Zuschauerschaft. Für Speis und Trank war bestens gesorgt. Dabei verband man vorderpfälzische Lebensart mit fesselnder Leidenschaft: Neben dem traditionellen Saumagen befand sich der innovative „Bondage-Burger" auf dem Tablett, der den Magen glücklicherweise nicht zuschnürte. Und auch die Location war entzückend gewählt: In einer Gärtnerei mit einem zum Schreien komischen Namen stieg das Event, da passte alles irgendwie perfekt zusammen. Diese ganz besondere Atmosphäre im „Garten der Lüste" inspirierte mich so sehr, dass ich in der Halbzeitpause spontan ein nettes Gedicht über diesen Garten und seine Hauptdarsteller verfasste... beseelt von der Hoffnung, „wenn mich nur jemand küsste, im Garten der Lüste". Es schien den Nerv zu treffen, immerhin hat man es im Blumenladen um die Ecke später aufgehängt.

Mit meinen frechen, pointierten Texten – einen davon hatte ich in der Nacht zuvor mit einer befreundeten Gothic-Lady aus Sachsen zielgruppengerecht umgeschrieben – landete ich am Ende auf dem zweiten Platz, und das als szenefremder „Exot". Die überaus sympathischen Organisatoren luden mich daraufhin zu ihrer nächsten schwarzen Party ein, zu der ich auch hinging. Neugier siegt! Offenbar hat man mich in diesen Kreisen seitdem nicht mehr vergessen, denn zum nächsten literarischen Stelldichein im Folgejahr wurde ich gleich wieder eingeladen! Bei meiner dritten Teilnahme ging ich sogar als einer der Sieger von der Bühne. Pikantes

Detail hierbei am Rande: Während der gesamten Veranstaltung bot sich den besonders zeigefreudigen Zeitgenossen die Möglichkeit, sich in einem auf der Bühne aufgestellten Käfig einsperren zu lassen! Für so manchen dürfte das wohl der ultimative Höhepunkt des Jahres gewesen sein! Artgerechte Haltung wird beim Erotik-Slam eben groß-geschrieben! So verspüren die Freunde der unge-zügelten Poesie schon jetzt unbändige Lust aufs nächste Mal, wenn es wieder heißt: Auf! Die! Knie!

Frauen kosten Geld – Isabella kostet ein Vermögen

Isabella, die in der Kurpfalz einen erschreckend hohen Bekanntheitsgrad zu haben scheint, war immer für eine Überraschung gut – wobei man die positiven Momente getrost an einer Hand abzählen kann. Die Kolumbianerin, deren Nachnamen ich bis heute nicht kenne und die aus einer ehemals einflussreichen Familie aus Medellin stammen will, wusste inzwischen, dass ich in Bälde ins Rheinland umziehen würde. Was liegt da näher, als einen letzten stimmungsvollen Abend mit dem Herzallerliebsten einzuplanen? Zumindest war ich das ja für sie, ich war sogar noch viel mehr, nämlich ihr Seelenverwandter. Aber das ist eine andere Geschichte.

Isabella schlug mir also vor, dass wir im Fernsehturm in Mannheim essen gehen könnten. Eine durchaus nette Idee, dachte ich mir! Nachdem ich mich einverstanden zeigte, reservierte die Kolumbianerin für uns beide einen Tisch auf ihren Namen. In luftiger Höhe mit nächtlichem Ausblick über die Quadratestadt verbrachten wir ein paar nicht sehr romantische, dafür umso anstrengendere Stunden voller Dramen und Diskussionen. Somit konnte der stets inbegriffene Nervigkeitsfaktor einmal mehr zu voller Blüte gelangen, denn auch im Fernsehturm brach sich die Eifersucht der werten Dame permanent Bahn. Zudem schien ich ihr nicht jene Aufmerksamkeit zu widmen, die sie von mir einforderte.

Als wäre das nicht genug des Schlechten, ärgerte sich Isabella auch noch über meine anscheinend völlig abwegige Bemerkung, dass es in Kolumbien mitunter gefährlich zugehen soll. Das wies sie empört von sich: In Mannheim und vor allem in Frankfurt, da ist es gefährlich! Immerhin hat man ihr dort den Rucksack „geraubt"! Aber eines muss man ihr lassen: Anders als so mancher Hungerhaken, den ich etwa in Mannheim kennenlernen durfte, mangelte es der Kolumbianerin nie an Appetit – sie konnte wirklich einiges vertilgen. Allerdings hätte ich nie damit gerechnet, dass sie sich im Restaurant nun gleich das allerteuerste Drei-Gänge-Menü heraussuchen würde – und vor allem, dass sie mir am Ende ihre Rechnung präsentiert! Stolze 83 Euro kamen da zusammen, die dann selbstverständlich ich zu zahlen hatte!

Als ich Isabella später einmal darauf ansprach, reagierte sie entrüstet und urteilte: „Du bist kein Gentleman!" Irgendwie ernüchternd für mich, denn bis dahin hatte ich doch, ohne jemals aufzumucken, schon so viele Rechnungen für sie bezahlt – und wirklich eine Menge über mich ergehen lassen. Zum „Gentleman" hat es für mich wohl trotzdem nicht gereicht. Tja, es kann eben nicht jedermann so gut erzogen sein wie diese durch und durch höfliche und bescheidene Senorita.

Viele (Um-)Wege führen nach Köln

Nachdem die Sache mit dem schrägen Arbeitgeber im Südwesten, inklusive dem pöbelnden Chef, den sportlichen jungen Damen und den zu viel gegessenen blauen Schlümpfen, zu Ende gegangen war, stand notgedrungen ein Neuanfang an. So lautete der berufliche Status vorerst: arbeitssuchend. Da trotz aller Anstrengungen und Qualifikationen und nach unzähligen Bewerbungen keine neue Stelle in Aussicht war, lief alles auf eine Selbständigkeit als Immobilienmakler hinaus. Immerhin hatte ich das schon einmal ein Jahr lang nebenberuflich betrieben, was mit einiger Arbeit verbunden gewesen war, ebenso mit Spaß und Erfolg. Das Arbeitsamt zeigte sich zu meiner Überraschung absolut kooperativ und sagte Unterstützung, auch in finanzieller Hinsicht zu. Das Immobilienbüro wollte ich in Köln eröffnen. Und auch für mich selbst hoffte ich, geeigneten Wohnraum zu finden.

Netterweise hatte mir eine liebe Freundin in Düsseldorf frühzeitig angeboten, in der Übergangszeit bei ihr unterzukommen. Doch wurde ich anderweitig fündig. So mietete ich, ohne dass die Pläne bezüglich Maklerbüro umgesetzt waren, „auf gut Glück" eine 1-Zimmer-Wohnung in der Domstadt an, am äußersten Stadtrand, so ländlich gelegen, dass man nicht mehr das Gefühl hatte, sich in einer Großstadt oder gar Metropole aufzuhalten. Und die Wohnung gefiel auf den ersten Blick: Eine 15 Quadratmeter große Dachterrasse mit traumhafter

Aussicht über Felder bis zum Horizont faszinierten mich. Besonders zu überzeugen wussten die nahe gelegenen Braunkohlekraftwerke, die mit ihren aus den Kühltürmen austretenden Wasserdampfwolken für ein entzückendes, abendliches Himmelsbild sorgten. Vom Feinstaub reden wir an dieser Stelle lieber nicht.

Eigentlich war beruflich und wohntechnisch alles geklärt, doch dann fand sich im Internet eine Stellenanzeige für Naturwissenschaftler. Sonderlich angetan war ich davon zunächst nicht, denn aus diesem Bereich hatte ich mich über all die Jahre gezielt wegentwickelt. Doch die Oma pochte darauf: „Da musst du dich bewerben!" Gesagt, getan. Nach einer ersten Vorstellungsrunde lud man mich zum Assessment Center ein. Dazu fuhr ich am Wochenende nach Köln und wohnte bei Susanne, einer meiner drei Patentanten. Unglücklicherweise kam es am Vorabend des Assessment Centers zu einem heftigen Streit mit einer Freundin, die ebenfalls meine Patentante ist und der es gerade mal wieder nicht gut ging. Mit den Nerven am Ende eröffnete ich Susanne, ich sollte jetzt besser zum Arzt gehen als zum AC, denn das hätte in dieser Verfassung keinen Sinn mit mir.

Nach gutem Zureden begab ich mich schlussendlich dann doch zum AC – und … wider Erwarten: Es lief hervorragend! Ich hielt ein leidenschaftliches Plädoyer für das Rauchen, obwohl ich selbst noch nie einen Glimmstengel angerührt habe! Wenig später bekam ich die Stellenzusage! Doch nun gab es ein ganz anderes Problem: Meine kleine, gerade erst angemietete Wohnung war nicht nur viel zu weit vom künftigen Arbeitsort entfernt, schlimmer noch: Sie stank zum Himmel! Der Grund: Schimmelbefall, feuchte Zugluft und beißender Zigarettenrauch, der aus den alten Tapeten einfach nicht entweichen wollte. Wie reagiert man in einer solchen Situation? Auf eine Weise, die der Vermieter so schnell jedenfalls nicht vergessen dürfte.

Als der Eigentümer zur offiziellen Wohnungs-übergabe eintraf, überreichte ich ihm … direkt die Kündigung! Zum nächstmöglichen Termin! Da war er baff. Sowas hätte er ja noch nie erlebt! Was sollte ich sagen? Eine solche Wohnung hatte ich auch noch nicht erlebt! Die Trennung verlief einvernehmlich – und in meinem neuen Job sollten die besten und spannendsten Zeiten anbrechen! Soviel sei gesagt: Als Zahlenmensch fungierte ich dort nicht lange. Man hat mein wahres Ich schnell erkannt. Seitdem kann ich, erstmals in meinem Berufsleben überhaupt, meine „Schwerstbegabung" auf produktive Weise ausleben.

Nachtrag:

Zwei Jahre später trat ich bei einem Comedy-Wettbewerb in Berlin auf. Bevor ich mit meiner Nummer als „rappender Schachspieler" dem Publikum mächtig einheizte, kam ich mit einer

Künstlerin ins Gespräch, die frisch in die Hauptstadt gezogen war. Und was stellte sich heraus? Diese Schriftstellerin hatte bis zuletzt in Köln gelebt. Und wo genau? In demselben dörflichen Stadtteil wie ich – und sogar in derselben Straße, in der sich einst meine verschimmelte Wohnung befand! Und das alles zur selben Zeit! Was einmal mehr beweist, wie klein doch diese Welt mitunter ist. Solche Zufälle ziehen sich, wen wundert's, wie ein roter Faden durch mein Leben.

Der Großherzog von Bananien

Was machen fünf junge, aufgeweckte Männer mit Uni-Diplom, wenn sie am Arbeitsplatz über einen längeren Zeitraum etwas Freiraum geboten bekommen? Richtig, sie entwickeln kreative Ideen und werden produktiv. Ergebnisse lieferten wir allerdings nicht nur in fachlicher Hinsicht. Nein, wir gründeten sogleich einen „Staat im Staate". Schnell war er gefunden, der „Großherzog von Bananien", der sich opferte, um uns Männern den rechten Weg zu weisen.

Das Wappen dieses Großherzogtums bildete sodann eine Banane, die den Krümmungsanforderungen der neuesten EU-Richtlinie doch hoffentlich genügt. Und als unantastbares Ideal, dem wir alle zu folgen gelobten, wählten wir ... die „heilige Miezekatze"! Miau! Kein Wunder, immerhin sind jene fünf Männer, mich ausgenommen, passionierte Katzenhalter. Der Göttin unter den Tieren galt es fortan zu huldigen. Um unsere andauernde Bewunderung für die Miez zu untermauern, sammeln wir seit diesem Zeitpunkt regelmäßig Katzenbilder sowie Zeitungsausschnitte und Online-Nachrichten rund um besonders kuriose oder erfolgreiche Katzen und schicken sie uns gegenseitig zu. Ja, das sind genau die Dinge, die echte Männer lieben! Bei anmutigen Straßentigern schmelzen wir schließlich alle irgendwann dahin!

Darüber hinaus entdeckten wir eines Tages ein Foto einer ganz speziellen Katze, deren dominante und latent bedrohliche Ausstrahlung uns in besonderem Maße zu beeindrucken vermochte. Dieses Bild hängten wir uns als Poster sogleich in unsere Büros und versprachen dem getigerten Tier hoch und heilig: „Obey!" Ja, dieser Miez wollen wir gehorchen. Niemandem sonst!!! Und weil der bananische Staat außer einer vernünftigen Katze auch vernünftige Regeln und Gesetze braucht, schrieben wir bestehendes Recht kurzerhand um und schufen daraus unser eigenes „bananisches Gesetzbuch", auch genannt: „bananisches Geschwätzbuch". Über Sinn und Unsinn dieses Regelwerks lässt sich trefflich streiten. Vom Rumbolzen auf dem Fußballplatz bis hin zu ungewöhnlichen Verhörmethoden bei Nichtbeachtung der Anweisungen der Miez haben wir jedenfalls alles geregelt!

Eines Tages wollte auch meine russische Verehrerin in unseren Club aufgenommen werden, immerhin hält auch sie eine Katze, was nicht die schlechteste Voraussetzung für eine erfüllte Beziehung zur Heiligen Miez sein dürfte. Leider wurde ihr Mitgliedschaftsantrag einstimmig abgelehnt. Da gab es kein Erbarmen. Davon unbeeindruckt ließ die Russin ein T-Shirt mit dem Bild unserer heiligen Miez in vier verschiedenen Farben bedrucken und besuchte mich damit in Köln. Die Kollegen fanden es grandios! Tja, was bleibt da noch zu sagen... Im Großherzogtum Bananien ist eben alles, aber auch wirklich alles ... im wahrsten Sinne des Wortes ... für die Katz! Miau!

Sie hasst den DJ

Schon beim letzten Mal wurde es lustig, als ich mit Alexa aus Mannheim einen der angesagtesten Musikclubs in Heidelberg besuchte. Schließlich wäre ich beinahe neben der Tanzfläche eingedöst. „Du wirst doch nicht etwa hier einschlafen, und das bei Nirvana?!", rieb sich Alexa in Anbetracht des Heavy-Metal-Programms ungläubig die Augen. Tja, eine solch konsequente Müdigkeit muss man erst mal hinlegen!

Aber auch unser neuerlicher Besuch in der Heidelberger Disco, die mir noch aus Zivildienst-Zeiten bestens in Erinnerung war, geriet zu einem recht „speziellen" Erlebnis. Schuld daran war jedoch nicht meine Wenigkeit, sondern derjenige, der normalerweise für die Unterhaltung der Massen verantwortlich zeichnet. Bei einer Ü30-Party, organisiert von einem nicht ganz unpopulären regionalen Radiosender, sollte man doch eigentlich von einem DJ ausgehen, der sein Handwerk versteht und der den Job nicht zum allerersten Male ausübt. Weit gefehlt! Was Alexa und ich an jenem Abend in diesem Club erlebten bzw. viel eher ertrugen, gehörte definitiv in die Kategorie „schlechter geht's nicht!"

So kamen wir in den zweifelhaften Genuss, mitanzuhören, wie besagter DJ es vollbrachte, sämtliche Titel aus den 80er und 90er Jahren hemmungslos und ungebremst zu zerstören. Seinen destruktiven Plan verwirklichte er mittels grauslicher Abmischung und völlig überzeichneten Bässen, die nicht einmal mehr erahnen ließen, welcher Titel denn überhaupt gemeint war. Aufgrund der dröhnenden Lautstärke wartete man nur noch darauf, bis die Boxen endgültig ihren Geist aufgaben, was leider partout nicht geschehen wollte. Auch musste man jederzeit damit rechnen, dass das Publikum diesem DJ den Rücken zudreht oder „aufhören" skandiert. Aber das wäre ja in diesem Lärmspektakel ohnehin untergegangen. Dass die Musikauswahl zudem miserabel war, sollte der Vollständigkeit halber nicht unerwähnt bleiben.

Da Ohren und Nerven wirklich arg in Mitleidenschaft gezogen wurden, verließen Alexa und ich diese im wahrsten Sinne des Wortes behämmerte Ü30-Party schon kurz nach Mitternacht. Was folgte, war Alexas Protestmail an den Sender. Darin schlug sie unter anderem vor, die Sendefrequenz neu zu vergeben, denn bei einer solch zweifelhaften „Eigenwerbung" würde die Hörerschaft ohnehin bald schwinden. Eine Reaktion erfolgte selbstverständlich nicht. Vielleicht lag es aber einfach nur daran, dass die Radio-Redaktion mit der Vielzahl wütender Zuschriften vollends überfordert war und daher von einer individuellen Antwort absehen wollte. Wie dem auch sei, zwei Dinge stehen fest: Diese Ü30-Party hat bis auf weiteres zwei Besucher weniger. Und außerdem: Sie hasst den DJ. Zumindest diesen einen.

Nachtrag:

Beim nächsten Ausflug mit Alexa verschlug es uns in ein altes Kino in einem Vorort von Heidelberg. Und auch an diesem überaus warmen Sommertag wollte die Technik einfach nicht mitspielen! Nach dem Totalausfall der Klimaanlage verließen wir das Kino schweißgebadet, was aber keineswegs am Film lag. Dieser war einfach nur lustig – und qualitativ um Längen besser als die Frischluftzufuhr im Vorführraum.

Die Selbstmord-Frau

Eine der komplexesten, um nicht zu sagen verpeiltesten Persönlichkeiten, die ich jemals kennenlernen durfte, ist Irene aus einem Örtchen unweit von Heidelberg. Aber ich muss gestehen, dass mich dieser Mensch zugleich ungemein beeindruckt hat – bis heute. Ich weiß auch nicht warum. Vielleicht liegt es daran, dass man sich mit dieser Südeuropäerin Mitte 40 ausgesprochen tiefgründig unterhalten kann. Als klug und geistreich erwies sie sich in jedem Fall.

Ort des Kennenlernens war das Internet-Portal new in town, eine Plattform für neue Freizeitkontakte. Eigentlich hätte die Geschichte schon vorbei sein können, bevor sie überhaupt angefangen hat, denn Irene führte sich schon nach einem ersten halbwegs „normalen" Telefonat höchst merkwürdig auf: Als ich sie auf dem Handy anrief, sprach sie kaum ein Wort und beendete abrupt das Gespräch. Kurz darauf meldete sie sich aber noch mal, es täte ihr leid, wir könnten uns treffen. Sie sei eigentlich nicht so. So weit, so schlecht.

Nach diesem ersten Vorgeschmack ihres liebreizenden Charakters verabredeten wir uns vor dem Schlossgarten in Schwetzingen, dessen Besuch ich jedem nur ans Herz legen kann, bei bestem Juni-Wetter. Da stand sie nun vor mir, eine lachende und durchaus sympathisch wirkende Frau – und wir hatten uns auf Anhieb eine Menge zu erzählen. Damit hatte ich ehrlich gesagt gar nicht gerechnet. Da ich sie zuvor aufgrund ihrer schrägen Art als „Freak" tituliert hatte, legte sie jetzt großen Wert auf die Feststellung, dass sie doch ein „netter Freak" sei. Darauf konnte man sich einigen – zunächst. Gut gefiel ihr mein Humor, noch besser gefiel ihr aber mein Wohnort: „Da habe ich meine Therapie gemacht!", erklärte sie. Aha! Das war natürlich ein Argument! Dass Irene alles andere als austherapiert war, sollte ich noch feststellen.

Bei unserem zweiten Treffen wollte ich sie wie vereinbart zuhause abholen, doch bat sie mich gleich in ihre Maisonette-Wohnung: „Warum bist du denn nicht einfach reingekommen?", fragte sie, als würden wir uns schon ewig kennen. Nachdem ich sie ganz zu ihrer Freude mit Klavierspiel unterhielt, fuhren wir nach Heidelberg und liefen die Fußgängerzone und am Neckar entlang. Dann kam es: „Ich bin wirklich ein Freak!", bekannte diese 1,85 Meter große, schlanke Wirtschaftsingenieurin freimütig und kam schnell auf den Punkt: „Man könnte auch sagen: Ich bin ein Psychopath!" Damit hatte sie ein wahres Wort gesprochen. Sie beschrieb ihr Wesen dadurch, indem sie mir mit einigem Stolz erzählte, wie egoistisch und hedonistisch sie sei, dass es ihr egal sei, wie es anderen geht, dass sie Leute trotz Verabredung stehen ließe, wenn sie keine Lust hat – aber sie wolle ja niemandem schaden. Nein, das nicht.

Es war alles leicht wirr, was Irene von sich gab, und vor allem fragte sie mich in einem Restaurant in Handschuhsheim hemmungslos persönlich und beruflich aus. Fast schien es so, als sei sie an meiner Person ernsthaft interessiert, aus welchen Gründen auch immer. Zudem konnten wir ausgiebig über philosophische Fragestellungen und aktuelle Themen der Weltpolitik diskutieren. Noch einmal betonte Irene ihre psychopathische Art und stellte fest: „Ich habe dich jetzt vor mir gewarnt. Nur dass du es weißt!". Dass sie das nicht ganz umsonst sagte, erfuhr ich bereits zwei Stunden später auf eindrucksvolle Weise. Als ich nichts Böses ahnend in ihrer Wohnung am Esstisch saß, sagte dieser Freak: „Ich möchte mit dir jetzt über Suizid sprechen." Sodann referierte Irene zweieinhalb Stunden lang über Wege, aus dem Leben zu scheiden.

Nachdem es mir irgendwann zu viel wurde mit den düsteren Gedanken, ging ich nach Hause und erfreute mich wieder meines Lebens. Als ich der Oma, die nichts lieber tut als Dinge ins Lächerliche zu ziehen, von diesem Erlebnis berichtete, sagte sie: „So eine hat dir gerade noch gefehlt!" Und die Oma hatte eine spontane Idee: „Richte ihr mal aus: Wenn sie sich umbringen will, dann soll sie auf die Rheinbrücke gehen, bis zur Mitte laufen und runterspringen. Da ist der Rhein am tiefsten!" Und: „Am besten klappt es, wenn man Nichtschwimmer ist." Das fand ich zwar makaber, aber irgendwie lustig und treffend. Also schrieb ich es sofort per SMS an die schräge Irene.

Dieser Ansatz, mit der Thematik umzugehen, schien ihr richtiggehend zu gefallen, denn nur wenige

Augenblicke später klingelte mein Handy. Allerdings eskalierte das Gespräch nach kürzester Zeit, da sie an positiven Dingen leider weiterhin kein Interesse zeigte, ich jedoch nicht für den Selbstmord zu erwärmen war. Da war die Interessenlage einfach zu verschieden, so dass das nicht ganz passte. Irgendwann legte ich – völlig entnervt – einfach auf, und seitdem war dieser Mensch auch nicht mehr zu erreichen. Die CDs, die mir Irene netterweise überlassen hatte und die ihren wirklich guten Geschmack für Reggae-Musik offenbaren, wollte sie übrigens nicht mehr zurückhaben. „Du kannst sie wegwerfen, du kannst damit machen, was du willst, ich brauche sie nicht", schrieb sie mir in rüdem Ton. Mal etwas Positives zu hören, hätte mich aber auch wirklich gewundert. Wie es Irene heute geht, entzieht sich leider meiner Kenntnis. Aber eines hat die Oma richtig erkannt: „Wenn diese Frau dich eines Tages mit zwanzig Messerstichen umbringt, dann kannst du nicht sagen, du hättest es nicht gewusst. Sie hat dich gewarnt!"

Der Mann mit dem Dachschaden

Den Bauermann, den Bauermann, den schau ich mir genauer an. Für die einen ist er der Bauermann, für Susanne ist er „MB", was in seinem Vornamen begründet liegt, und für uns alle ist er schlicht und ergreifend „der Mann mit dem Dachschaden". Und das kam so:

Manuel Bauermann lernte Susanne 2014 im Internet kennen. Es war spannend, schräg und skurril. So wie Susanne es liebt. Stinknormal wäre ja zu langweilig. Sofort machte MB große Versprechungen. Er wolle mit ihr nach New York fliegen, er habe bereits ein edles Hotel für sie ausgesucht. Susanne war schon ganz erwartungsfroh, doch leider wurde nichts aus dieser romantischen Traumreise. Probleme ganz anderer Art machten nämlich jenem Verehrer zu schaffen, der als Beruf Steuerberater nennt – und als Freizeitbeschäftigung seinen Hooliganismus anführt! Immerhin prügelt er sich regelmäßig bei FC-Heimspielen und genießt die „dritte Halbzeit" in vollen Zügen. Da fliegt so manche Faust, und die Latten bleiben nicht unbedingt am Zaun.

Die Probleme, die auf einmal aufkamen und die die Liebesreise leider verhinderten, hatten mit Bauermanns neu gekaufter Eigentumswohnung in Köln-Sülz zu tun. Kurzum: Er hatte einen Dachschaden. Und der musste erst einmal behoben werden. Als ich eines Abends mit Susanne im Restaurant „Oscar" am Zülpicher Platz essen war, sagte ich zu dem Thema: „Der Mann meiner Begierde

hat einen Dachschaden. Kostenpunkt 70.000 Euro".
Das fanden alle irgendwie lustig, aber auch passend
– seitdem ist Manuel Bauermann „der Mann mit dem
Dachschaden".

Nach New York ging es also nicht, dafür trafen sich
Susanne und MB hin und wieder zu einem
Stelldichein. Meistens kam er jedoch gar nicht,
zumindest erschien er nicht, wenngleich er
Whatsapp-Nachrichten in Hülle und Fülle
produzierte. Nach Susannes Angaben reichten die
ausgedruckten Chat-Dialoge „von hier bis zum
Mond". Meistens leitet MB seine Liebesbezeigungen
ein mit Schmeicheleien wie „Hey Schnucki!". Dann
wird er ganz sentimental.

MB scheint aber wirklich gerne zu verreisen, vor
allem mit Susanne, denn einige Wochen später hatte
der Mann mit dem Dachschaden schon wieder neue
Reisepläne. Ein befreundetes Ehepaar, das angeblich
„Geld wie Heu" besitze, sei gerade dabei, sich zu
trennen, und die Reise nach London müsste daher
leider storniert werden. Die Idee sei jetzt, Susanne
und er könnten doch einspringen! Und das
Praktische daran: Er hat auch schon gebucht!
Susanne war zunächst gar nicht mal abgeneigt, dann
wollte Bauermann allerdings … Geld sehen! Sie sollte
ihm die Hälfte des Betrages in den nächsten Tagen
geben.

Auf Anraten einiger Freunde fragte Susanne den
junggebliebenen Herrn ganz vorsichtig nach einer
Buchungsbestätigung. Das hörte der Hooligan mit

dem Spezialwissen im Steuerrecht aber gar nicht gerne. Warum sie das denn wolle? Natürlich bekam Susanne weder eine Buchungsbestätigung noch eine Buchung noch sonst irgend etwas zu sehen. Und gehört hat sie von Bauermann seitdem auch nichts mehr. Was kann man zum Mann mit dem Dachschaden und zu Susannes Verhältnis zu ihm sonst noch sagen? Vielleicht am ehesten das: Mal sehen, wohin die Reise geht.

Nachtrag:

Es geschah im Januar 2017, Susanne hatte just einen großen beruflichen Erfolg vorzuweisen. Den wollte sie standesgemäß in einer Kölner Eckkneipe begießen. Ein Ziel hatte sie sich in Begleitung ihrer Freundin gesetzt: Mindestens zwei nette Thekengespräche wollte Susanne an diesem Abend führen! Und der Plan sollte aufgehen, wenn auch etwas anders als erwartet. Es dauerte nicht allzu lange, da war die Freundin bereits mit einem Soldaten auf Tuchfühlung, der nach eigenen Angaben regelmäßig mit den Taliban verhandelt. Respekt! Das klang hart.

Und auch für Susanne fiel an diesem Abend ein ausgewiesenes Prachtexemplar von Mann ab, das ordentlich zulangen kann: Schnell hatte sich zu ihr ein großgewachsener, breitschultriger Ostdeutscher gesellt. Dabei allein blieb es jedoch nicht. Wenig später landete die Zufallsbekanntschaft, im Pulk mit

Susanne, der Freundin und mit dem Taliban-Verbindungsmann, in Susannes unaufgeräumter Wohnung – nicht ohne ihr vorher von seinem allergrößten Hobby zu erzählen, das da wäre: Fußball! Oha!

Das hätte sich Susanne allerdings von Anfang an denken können, als sie zu ihm sagte: „Geküsst wird eigentlich nur an Karneval. Aber du hast ja heute auch so ein lustiges Kostüm an!" Nun ja, diese ulkige Verkleidung war, um genau zu sein, ein Fußball-Trikot! Not amused, sah sich der attraktive Kostümierte veranlasst, den Sachverhalt umgehend aufzuklären: Er sei eingefleischter Fan des 1. FC Magdeburg, der übrigens gerade in Köln verloren hatte, und... jetzt kommt's: Hooligan!

Oh nein, Susanne, nicht schon wieder.... Als die beruflich Erfolgsverwöhnte mit dem offenkundigen Faible für Hooliganismus am nächsten Morgen erwachte, erblickten ihre Augen als erstes nicht etwa die Sonne, sondern: drei große Buchstaben auf einem durchtrainierten Oberarm: „FCM". Neugierig beäugte Susanne das Logo des mitteldeutschen Drittligisten, das als klares Statement den Körper ihres muskelbepackten Bettgefährten verzierte!

Ehrliches Interesse an den schlagkräftigen Argumenten des Magdeburgers bekundend – dessen rustikaler Nachname mindestens genauso viel Eindruck hinterlassen hat wie sein Uni-Diplom – konnte sich Susanne die folgende Frage nicht länger verkneifen: „Du, sag mal, fliegen eigentlich bei dir manchmal die Fäuste?!" Da grinste der Hooligan, packte seine Siebensachen (den Baseballschläger hat er hoffentlich mitgenommen!) – und ward seitdem nicht mehr gesehen. Tja, dieses Auswärtsspiel dürften die beiden so schnell nicht vergessen.

Und was lernen wir daraus? Im Laufe unseres Lebens erkennen wir irgendwann alle, was für uns wirklich wichtig ist, was uns anzieht und was wir zum Glücklichsein einfach brauchen. Im Fall von Susanne ist die Sache inzwischen klar: Der Mann ihrer Träume muss definitiv ein Hooligan sein.

Dachreparaturen, Parkplatznot und keine Klamotten an

Wer sich auf eine schwarze Party der bizarreren Art begibt, der erwartet so manches: Lack und Leder, Peitschen und Gerten, Herrinnen und Sklaven, ein stimmungsvolles Ambiente und dergleichen mehr. Etwas anders gestaltete sich die Szenerie im November 2015 im Bergischen Land. Da wurde in einem kleinen Club zu einer „CFNM-Party" geladen, einem Event, bei dem es ausschließlich den Damen gestattet ist, Kleidung zu tragen. Die Herren der Schöpfung hatten im Adamskostüm zu erscheinen. Mal ist das hübsch anzuschauen, mal mag man sich mit Grausen abwenden.

So saßen die Männer, wie Gott sie erschaffen hat, aufgereiht in Reih und vor allem Glied auf einer Holzbank und harrten der Dinge. Man tauschte sich über reizvolle Themen aus ... die da wären: die Situation auf den Finanzmärkten, praktische Hinweise zur Einkommensteuererklärung oder die Vor- und Nachteile der Selbständigkeit. Bei Matthias, 37, etwa liefen die Geschäfte nach eigenen Angaben recht gut.

Dann plötzlich erschallte es aus dem hintersten Winkel des Raumes: „Und diese Flüchtlinge! Merkel ist doch eine Vasallin der USA!", raunte ein wohlgenährter Transgender mittleren Alters in Richtung einer benachbarten Domina, die gerade nach dem Zustand ihrer hohen Stiefel sah. „Und die Merkel ist Schuld! Die ist gekauft!", fügte der Erboste hinzu. Daraus ergab sich eine hitzige Debatte über geopolitische Probleme und nicht enden wollende Flüchtlingsströme, inmitten von Peitschen, lasziven Outfits, Kaminfeuer und leckeren Köstlichkeiten, die zur Hand gereicht wurden. Ohne Hose, aber durchaus mit Hirn diskutierten die anwesenden Gentlemen die aktuellsten politischen Themen. Welch ein Niveau!

In den „Spielzimmern" herrschte unterdessen gähnende Leere, es wurde weder gespankt noch gepeitscht und auch nicht geliebt. Ganz anders jedoch in der Küche – Action pur! Dort hatten sich ca. fünfzehn Personen zu einem warmen Buffet versammelt. Es gab Rinderroulade, Kartoffeln, Salate und allerlei Süßes. Passte zum Bergischen Land irgendwie ganz gut. Am vorderen Tisch hatten sich zwei ältere Herrschaften und eine 21-jährige Lady niedergelassen, die von sich behauptete, eine Domina zu sein. Dies erschien jedoch eher zweifelhaft – oder es muss sich um ein ausgesprochen unerfahrenes Exemplar gehandelt haben.

Als einer der Herren von seiner Vorliebe für Füße berichtete, wandte sich die angebliche Herrin nur noch angewidert ab: „Iiiih… auf so etwas stehst du? Da wirst du es aber gaaanz schwer haben, eine Partnerin zu finden", rümpfte sie mit todernster Miene ihr hübsches Näschen. Man klärte die Lady darüber auf, dass es doch noch ganz andere Dinge gebe und fragte sie, ob das gerade Gehörte nicht eher noch vergleichsweise harmlos gewesen sei. Spätestens, als die Sprache dann auf Windeln kam, ekelte sich die junge Dame buchstäblich zu Tode… „dass es so etwas gibt"… ja, das konnte sie gar nicht verstehen. Das ist ja wirklich pervers! Und das auf einer BDSM-Party! Auch fand diese schwarzhaarige Jungdomina Fesseln wirklich hart. Und Schlagen noch viel mehr.

Aufgelockert wurde diese gesellige Runde durch das intensive Mithören der Gespräche am Nachbartisch. Und diese Unterredungen strotzten nur so vor knisternder Erotik. „Also die Parkplatzsituation in Düsseldorf ist wirklich eine Katastrophe", beklagte ein etwa 60-jähriger Rentner seine Probleme, in die Lücke zu kommen. Richtig drin war der wohl schon länger nicht mehr. Und auch in Wuppertal sei der Verkehr ein echtes Problem. Sogleich kamen die Herren der Schöpfung auf recht praktische Angelegenheiten zu sprechen. „Bei mir muss das Dach unbedingt repariert werden", erklärte ein glatzköpfiger Mittfuffziger, woraufhin weitere Gesprächsteilnehmer sofort die passenden handwerklichen Ratschläge parat hatten. Da tauschten der Klempner, der Rohrverleger und der Zimmermann die neuesten Erkenntnisse aus! Am Ende wussten wenigstens alle, wie der Dachschaden zu beheben war.

Auf diese Weise konnte man als wissbegieriger Gast so manches über Werkzeuge erfahren, jedoch nicht über solche, an die man bei einer bizarren Party am ehesten gedacht hätte! Nach insgesamt drei Stunden voller neuer Impressionen und anregender Gespräche verabschiedete ich mich als neugieriger Beobachter – nicht unvergnügt – mit folgendem Schlusswort: „Das waren doch heute genau die Themen, für die wir alle hier her gefahren sind: Angela Merkel, die Flüchtlinge, die Parkplatznot und vor allem die Reparaturen am Haus!" Nun ja, ich hoffe, dass wir nächstes Mal dann endlich über die Simpsons und die Fußball-Bundesliga diskutieren können! Natürlich ... nur ... nackt!

Der Monat der Bekloppten

In jenem Dezember konnte man den Eindruck gewinnen, sämtliche Anstalten hätten zeitgleich ihre Pforten geöffnet und ihre Insassen laufen lassen – leider ungeheilt. So ereigneten sich gleich mehrere Geschichten, deren Protagonisten sich ein Prädikat redlich verdient haben: bekloppt! Zunächst erreichte mich die Email eines besorgten oder eher verwirrten Bürgers, der gleich sämtliche Mitarbeiter einer Organisation als Verbrecher bezeichnete und sich in Beleidigungen und Bedrohungen erging. Doch damit nicht genug. Als ich einem befreundeten Anwalt davon erzählte, erwiderte der: „Wenn du sehen willst, was wirklich verrückt ist, dann lies mal das hier!"

Flugs leitete er mir eine Email weiter, die er gerade erhalten hatte. Eine 42-jährige Frau, die sich wohl im Adressaten geirrt hatte, trug das folgende Anliegen an ihn heran: Demzufolge wolle der ehemalige Chef einer Großbank diese „Beschwerdeführerin" mit einer ganz fiesen Intrige dazu bringen, dass sie ... ihn heiratet! Zu diesem Zweck habe der Übeltäter den gesamten Vorstand des Unternehmens mit eingespannt, man drohe der armen Frau mit Rufmord und wolle ihr auch noch die Terroranschläge von Mumbai anlasten. Unbedingt solle sie den Bankchef heiraten, dann würde er auch gleich dafür sorgen, dass sie von der Al Kaida in Ruhe gelassen wird! Die verängstigte Dame wies in ihrer langen, in Englisch gehaltenen Email darauf hin, dass sie von der Königin von England abstammt und schon mit dem CIA-Chef telefoniert hat. Schlimm ist übrigens auch, dass die Bank nun von ihr verlangt, Nacktvideos zu schicken. Immer wieder würde man ihr folgendes empfehlen: „Geh in die Kirche und bete, bete, bete!" Und die allerwichtigste Botschaft der 42-Jährigen: „Ich will den Bankchef doch gar nicht heiraten! Und ich will ihm auch keine Nacktbilder schicken!"

Während ich angesichts dieser bekloppten Umtriebe aus dem Lachen kaum noch herauskam, ereigneten sich in meinem Umfeld bereits die nächsten seltsamen Vorfälle. Susanne, eine meiner drei Patentanten, lernte via Internet einen Mann aus Lüdenscheid kennen. Dieser bestach nicht nur durch sein nicht vorhandenes Haupthaar, sondern durch eine überaus ungewöhnliche Idee für ein erstes Date. Der Vorschlag: Susanne solle mit ihm einen Film drehen, in dem er einen Menschen spielt, der immer wieder versucht, sich umzubringen. Die Aufgabe von Susanne in diesem Drama? Sie soll ihn jedes Mal retten! Das klingt doch wirklich nach großem Kino… Ob Susanne ihre Rolle als Retterin annehmen würde, war lange Zeit völlig offen. Am Ende sagte sie zum Glück nein.

Den Vogel endgültig abgeschossen hat in jenem verrückten Dezember jedoch ein Mann, den eine gute Bekannte, Angelika, im Internet kennenlernte und der sich selbst – richtigerweise und keineswegs untertrieben – als „Schizopath" bezeichnet. Was das genau sein soll, weiß ich zwar nicht, da müsste man wohl einen Arzt oder Apotheker seines Vertrauens befragen. Aber eine Mischung aus schizophren und Psychopath dürfte ganz gut hinkommen! Die Nummer, die dieser Mensch abzog, hatte es jedenfalls in sich:

Zunächst kam dieser Mann mittleren Alters, der angeblich in Karlsruhe lebt und in Serbien aufgewachsen ist, über ein Internetforum mit Angelika in Kontakt. Nachdem die beiden schon eine Weile hin und her geschrieben hatten, begann der Schizopath auf einmal, Fotos von seinen Brüdern und Schwestern zu versenden. Angelika fiel auf, dass es sich ausschließlich um auffällig schöne Personen handelte. Das kam ihr spanisch bzw. in diesem Fall serbisch vor, und die sogleich durchgeführte Bilderrecherche im Internet ergab: Bei den Fotos handelte es sich durchweg um Porträts serbischer Prominenter. Die angeblichen Brüder und Schwestern des Schizopathen entpuppten sich als Schauspielerinnen, Töchter von Schriftstellern, Film-stars und sonstige Schönheiten.

Mit der Lügerei konfrontiert, stritt der Blender zunächst alles ab, bis er schließlich eingestand: „Ich will alle Frauen verarschen, vor allem die ollen Schlampen zwischen 20 und 30. Ich mache sie alle fertig!" Um seinen Rachegelüsten Nachdruck zu verleihen, leitete er an Angelika diverse Sprachnach-richten anderer Frauen weiter, allesamt weinend, nachdem er sie nach Strich und Faden terrorisiert hatte. Dies versah er mit Kommentaren wie „Ich bin gemein, gemein, gemein, ich bin ein Teufel!" Irgendwann sprach der Schizopath konkrete Drohungen gegen Angelika aus, so dass sie Anzeige erstattete. Der Kontakt endete hiermit jedoch nicht, die Nachrichten häuften sich sogar, zumal der Schizopath nach eigener Aussage „Anzeigen gewohnt" sei. So offenbarte er gegenüber Angelika, dass er nun seine Tante umlegen wolle. Die sei nämlich auch so eine olle Schlampe.

Außerdem habe er in seinem Briefkasten einen Umschlag mit einer Pistolenkugel gefunden, versehen mit einer Botschaft, man werde ihn erschießen. Die Drohung hat er angeblich deswegen erhalten, weil er sich einst auf eine Frau eingelassen hat, die kurz vor ihrer geplanten Hochzeit mit ihm durchgebrannt ist. Nach dem Techtelmechtel hat sie übrigens Selbstmord begangen. Der gehörnte Fast-Ehemann, der dazu noch Albaner ist, will ihn daher jetzt umbringen lassen, und genau deswegen hat er seinerseits auch schon Killer auf den Albaner angesetzt. Wichtig ist auch das: Der Schizopath hatte einst eine große Liebe, Davina, eine Psychologin. Wer etwas gegen sie sagt, bekommt übrigens ein Problem! Das Tragische an dieser Liebesbeziehung: Eines Morgens nach dem Aufwachen lag Davina neben ihm tot im Bett. Leichen pflastern eben den Weg dieses Schizopathen.

Inzwischen hat er glücklicherweise Jesus Christus getroffen, was zu einer Entschuldigung bei Angelika führte, aber auch zu folgender Einsicht: „Jesus hat mir beim Kiffen gesagt, dass ich dich liebe". Halleluja. Außerdem hat dieser liebenswerte junge Mann noch folgendes mitzuteilen: „Die nächste Frau, die mich verletzt, werde ich so bestialisch töten, dass ihre Schmerzensschreie noch bis zum Mond zu hören sind". Wenn das mal keine grandiosen Aussichten sind… Bleibt nur zu hoffen, dass die Anstalt all ihre Entsprungenen so schnell wie möglich wieder einsammelt!

Schlecht bedient, doch gut gespeist

„Nein!" – Mit diesem Zauberwort wandte sich die Kellnerin, deren IQ den magischen Wert von 70 leider nicht zu übersteigen vermochte, an Manuela, die einen Burger bestellt und lediglich darum gebeten hatte, das Brötchen wegzulassen. Von glutenfreier Kost hatte die überdimensional am Rücken tätowierte Bedienung in diesem Restaurant unweit von Köln wohl noch nie gehört. Heiko, der sich noch nicht entschieden hatte, welches Getränk er denn wählte, bekam abwechselnd eine Fanta, ein Kölsch und eine Cola auf den Tisch gestellt – und das von drei verschiedenen Kellnern.

Eine weitere Glanzleistung der leicht untersetzten und schwer unterbelichteten Servicekraft bestand zweifelsohne darin, dass sie es vortrefflich verstand, auf die Einhaltung der Gepflogenheiten des Hauses penibel zu achten. Mit Blick auf den eigens für mich mitgebrachten Geburtstagskuchen, es war immerhin mein Ehrentag, entfleuchte ihr ein ebenso klares wie unmissverständliches: „Nein! Nächstes Mal fragen Sie bitte, bevor Sie einen Geburtstagskuchen essen! Wir haben hier schließlich Desserts!" Den Kuchen vertilgten wir dennoch bis zum letzten Krümel.

Doch zwei Dinge verdienen – ungeachtet der leidlichen Bedienung, die überdies auch noch das Dressing vergaß – positive Erwähnung. Erstens: Die Qualität des Essens war über alle Zweifel erhaben. Zweitens: Das „Therapy"-Spielen, bei dem sich die Spieler gegenseitig nicht nur kennenlernen, sondern, wie der Name schon sagt, gegenseitig therapieren können, wurde uns letzten Endes gestattet. So werden wir auch nächstes Mal wieder hingehen, wenn sie uns denn dann noch hereinlassen. Dann allerdings ohne Geburtstagskuchen! Nachsatz: Als wir der Bedienung in einem Anflug überbordender Freundlichkeit angeboten haben, ein Stück von unserem Geburtstagskuchen zu verköstigen, entgegnete sie: „Nein. Ich hatte heute schon einen Zuckerschock!" Das haben wir allerdings gemerkt!

Nachtrag:

Ein Jahr später sind wir tatsächlich wieder hingegangen. Mit denselben Leuten. Mit demselben Geburtstagskuchen. Und uns erwartete: dieselbe Bedienung! Die kannte uns noch – und war auch noch genauso neben der Spur wie beim ersten Mal. Doch bei „Therapy" hätte sie am liebsten mitgespielt. Und das Beste: Den Geburtstagskuchen ließ sie uns dieses Mal vertilgen. Anstandslos. Bis zum letzten Krümel.

Spygirls in Cologne

Die Oma glaubte es von Anfang an, und bis heute lässt sie sich nicht von der Überzeugung abbringen, dass Aljona eine Spionin ist. Bereits zwei Mal hatte mich die Russin aus Jekaterinburg besucht, einmal davon in meiner Heimat, wo sie die Oma und mehrere meiner Freunde kennenlernte. Alle miteinander fanden die blonde 30-Jährige sympathisch, vielleicht sogar vertrauenswürdig? Seitdem schreibt Aljona an die Oma und an eine sehr gute Freundin von mir gelegentlich Briefe – und einen davon an die Oma versah sie stilgerecht mit der Unterschrift „die russische Spionin".

Mitte März 2016 stand ihr dritter Besuch in Köln an – wenngleich sie von Anfang an wusste, dass eine spätere Heirat in diesem Fall eher ausgeschlossen sein würde. Aber angeblich genügt ihr ja diese „besondere Freundschaft", die wir miteinander pflegen. So holte ich Aljona mittags am Treffpunkt an der Frankenwerft in Köln ab, den wir treffenderweise „Spy Place" nennen, Spionen-Platz. Nachdem wir erst einmal zu meiner Wohnung fuhren, ging es am Nachmittag weiter nach Aachen, denn der diesmalige Besuch war viel umfassender angelegt als alles bisher Dagewesene. Nicht wegen besonders vieler mitgebrachter Wanzen (obwohl, ein paar Spielzeug-„Wanzen" aus Plastik hat sie mir tatsächlich geschenkt!), nein, Aljona hatte für personelle Verstärkung gesorgt: Ihre beste Freundin, die in Frankreich lebt und mit einem zwanzig Jahre älteren

Professor verheiratet ist, hatte kurzerhand beschlossen, ebenfalls nach Köln zu reisen, wenn auch nur für eine Zeitdauer von sage und schreibe 18 Stunden.

Also holte ich die zweite Russin im Bunde zusammen mit Aljona am Aachener Hauptbahnhof ab. Vor mir stand eine 28-jährige äußerst modisch und chic gekleidete, sympathische Brünette. Wir verstanden uns auf Anhieb gut, hatten viel zu reden, vor allem über politische und kulturelle Themen, besuchten die Messe im Aachener Dom und fuhren nach Köln. Dort aßen wir auf den Ringen im früheren „Oscar", bevor wir ins „Alex" am Friesenplatz weiterzogen.

Sogleich begannen Aljona und ihre Freundin, die beide in Russland Literatur studiert haben, ein „Spiel", das sie eine Woche lang vorbereitet bzw. ausgearbeitet hatten. Zurückhaltend ausgedrückt ging es darum, sich für mich interessant zu machen, was sich als überaus facettenreich erwies und des nachtens in meiner Wohnung seine Fortsetzung fand. Dieses außergewöhnliche Spioninnen-Date endete mit einem Spaziergang durch die Kölner Altstadt am nächsten Morgen, verbunden mit einem Abstecher zur Hohenzollernbrücke, wo bekanntlich die „Liebesschlösser" zu Tausenden hängen.

Zeugnis von dem Geschehenen liefert ein DIN-A4-Blatt, das ich zuvor auf kreative Weise beschriftet und an meine Zimmertür geklebt hatte: „Welcome Spygirls – press your lips here". Die Abdrücke der geschminkten Spioninnen-Münder prangen darauf noch heute. Aljona setzte ihre Special Mission unterdessen in Portugal und in Trier fort, bevor sie zurück an den Ural flog. Auch wenn die Oma immer wieder nachfragt: Noch habe ich keine Wanzen gefunden. Noch nicht...

Fünf Wochen, fünf wirklich schwere Fälle

Depression, Suizid-Ankündigungen, selbstverletzendes Verhalten, mannigfaltige Persönlichkeitsstörung, Doppeldiagnose – was sich wie ein Streifzug durch ein Lehrbuch der klinischen Psychiatrie liest, wurde in seiner leibhaftigen Ausprägung leider bittere Realität, und das alles innerhalb von nur fünf Wochen! Mittendrin statt nur dabei: meine Wenigkeit als Therapeut wider Willen. Außerdem: Estelle, Michelle, Patricia, Magda und Agnieszka in der Rolle der Patientinnen. Und das waren wirklich schwere Fälle... Aber der Reihe nach:

Los ging es mit Estelle, einer 31-jährigen ehemaligen Event-Managerin aus dem Rheinland, mit der ich ein paar Wochen lang überaus nette Mails geschrieben hatte, wenngleich mich einige ihrer Fragen hätten vorwarnen sollen: „Wie gehst du mit einer Frau um, die weint?" Aber wie so oft habe ich den Absprung nicht rechtzeitig geschafft. Unser Treffen mit verbundenen Augen am Rheinufer begann romantisch und setzte sich dadurch fort, dass Estelle im mexikanischen Restaurant kaum ein Wort herausbrachte und sich mit den Händen an einer Kerze festklammerte. Nach dem Treffen berichtete sie mir von ihrer Therapie, die leider nicht so recht vorangehen wollte. So wirklich lebenstauglich schien sie leider nicht zu sein, was eigentlich schade ist.

Deutlich weniger nett als mit Estelle verlief die Begegnung mit Magda. Die fast zwei Meter große Osteuropäerin, die dringend einen Job in der IT-

Branche sucht und zudem die Sprache lernen möchte, präsentierte sich schon beim Treffen in der City recht seltsam. Über das mitgebrachte Geschenk für das „Big Data Girl" schien sie sich zwar zu freuen, bald nach dem Treffen offenbarte sie per Skype jedoch ihre ganze Problematik: Gerade sei sie wieder am Rhein gewesen und habe geheult und geschrien. Sie überlege gerade, sich umzubringen. Plötzlich hat man dann nichts mehr von ihr gehört, sie verweilt aber glücklicherweise noch unter den Lebenden. Soviel konnte ich herausfinden.

Agnieszka ist eine ebenfalls großgewachsene Polin, Anfang 30, wohnt in Berlin, und sagte fairerweise von Anfang an, dass sie psychisch angeschlagen ist, es geht offenbar in Richtung manisch-depressiv. Sie fuhr netterweise mit der Bahn extra von der Hauptstadt in meine Heimat, um mich zu sehen – und dann zwei Stunden später wieder zurückzufahren, nachdem sie sich nun wirklich nicht von ihrer besten Seite gezeigt hatte. Agnieszka machte abenteuerliche Versprechungen bis hin zur Hochzeit, kündigte heiße Liebesnächte an, flehte ein paar Tage später um Freundschaft, bevor sie schließlich – ohne dass in der Zwischenzeit irgend etwas passiert wäre – in aggressiver Weise schrieb: „ICH WILL DICH NICHT TREFFEN!!!"

Patricia ist eine Künstlerin, die ich zufällig in einer mittelalterlichen Kleinstadt auf dem Weihnachtsmarkt kennenlernte. Dort sang sie Weihnachtslieder und spielte auf der Ukulele. Nach einem wirklich interessanten Dialog, in dessen Verlauf ich mir ihren Hut aufsetzte, ohne die eingeworfenen Münzen, versteht sich, und ein lustiges Selfie davon schoss (ich schieße von mir permanent Selfies, zum Leidwesen gewisser FreundInnen!), beschlossen wir, über Facebook in Kontakt zu bleiben.

Eigentlich hätte ich auch in diesem Fall vorgewarnt sein müssen, denn Patricia erzählte mir sogleich, dass sie eigentlich Lehrerin gewesen sei, aber seit längerer Zeit dienstunfähig. Sie sei gemobbt worden, sie hasse dieses System, es gehe ihr schlecht. Jedenfalls tauschten wir uns einige Wochen lang im Internet weiter aus, ich schrieb ihr ein schönes Gedicht, was sie sehr erfreute. Schließlich unterbreitete sie mir den Vorschlag, wir könnten uns doch einmal in der Stadt zu einer kulturellen Veranstaltung treffen. So vereinbarten wir Ort und Uhrzeit, sie schickte mir am Vorabend des Treffens eine entsprechende Facebook-Nachricht. Meine Antwort lautete: „Dankeschön. Bis morgen. Have a nice evening." So weit, so gut, dachte ich zumindest.

Doch diese meine Nachricht brachte die werte Patricia unvermittelt zum Ausrasten: Als ich am Tag des geplanten Treffens in Facebook nachschaute, fand ich Folgendes vor: „Ich treffe mich nicht mit Leuten, die mich mit Anglizismen zuballern! Ich will nur Leute, die meine Sprache sprechen. Sowas wie dich brauche ich nicht. Ich sage das Treffen ab. Tschüss!" Und gesperrt hatte sie mich auch gleich! Wahnsinn! Dieser Mensch hat ganz offensichtlich

Probleme, die die Hilfe eines kompetenten Facharztes zwingend erfordern. Ich war definitiv überfordert.

Für den letzten Vorfall aus dieser klinischen Reihe – wohlgemerkt alles binnen weniger Wochen – sorgte Michelle. Die 27-jährige Bremerin, die sich aufgrund ihrer Tätigkeit als Buchhalterin gerne als „Zahlenschubserin" bezeichnet, machte zunächst einen recht umgänglichen und spannenden Eindruck, wobei ihre Wortwahl schon so manches Kommende vorwegnehmen sollte. Da sie Kampfsport betreibe, solle man sich vor ihr in Acht nehmen. Käme man ihr zu nahe, würde sie schon mal zuschlagen. Okay. Ich sprach diese zuvorkommende, junge Dame auch gleich auf ihre Verbalaggressivität an, was sie jedoch durch einen freundlichen Anruf zu relativieren vermochte.

Es folgten: tausende nette Whatsapp-Nachrichten, Versprechungen, Liebesbezeugungen, große Pläne. Doch dann das: Da schrieb sie mir, dass sie schnell Fluchtreflexe entwickele, dass dies bei mir aber bisher noch nicht der Fall sei. Versehen mit einem Smiley. Ebenfalls im Scherz antwortete ich: „bei mir auch nicht. Doch sollte das passieren, laufe ich vielleicht noch schneller als du." Ebenfalls versehen mit einem Smiley. Daraufhin tickte Michelle aus. Warum ich denn vor ihr fliehen wollte?! Ich versuchte sie zu beruhigen und ihr klarzumachen, dass ICH doch gar nicht vor ihr fliehen will. Aber keine Chance: Michelle steigerte sich hinein in die wahnhafte Vorstellung, ich könne sie sowieso nicht leiden, und ich würde genau wie alle anderen Männer vor mir ihren kleinen Sohn Lukas nicht akzeptieren.

Um ihrem Schub Nachdruck zu verleihen, ließ sie zunächst ihren Sohn per Sprachnachricht in Whatsapp zu mir sprechen, bevor sie in der nächsten Nachricht fragte, ob sie sich jetzt die Pulsadern aufschneiden solle. Doch sie setzte noch einen drauf: Wie es denn wäre, wenn bei mir mal das Krankenhaus anriefe mit der Mitteilung: „Die Mutter von Lukas hat sich gerade umgebracht. Sind Sie der Vater?" Alle Versuche, die wildgewordene Drama Queen zu beruhigen, schlugen fehl. Noch so nett gemeinte Vorschläge wurden in den Wind geschlagen, es folgte Hassbotschaft auf Hassbotschaft.

Irgendwann hat sie mich gesperrt – jedoch nicht bevor sie mir in einer sechzehnminütigen Sprachnachricht erklärte, welch ein schrecklicher Mensch ich sei und wie wenig ich ihr Kind respektieren würde. Dass ich diese Frau niemals im realen Leben getroffen habe, geschweige denn ihr Kind, versteht sich von selbst. Klinisch eben. An Michelles fixen Ideen dürfte sich schon so mancher Mediziner die Zähne ausgebissen haben. Ich jedenfalls habe sämtliche lieb gemeinten Versuche, diese von allen Seiten verfolgte und von niemandem verstandene Kampfsportlerin zu heilen, entnervt aufgegeben.

Nachtrag:

Mit Patricia, der Sängerin vom Weihnachtsmarkt, habe ich mich später doch noch mal verabredet. Wir schauten uns einen Comedy-Wettbewerb an. Leider lachte Patricia immer an der falschen Stelle, und dazu noch in überaus schrillen Tönen. Zum Ende der Veranstaltung hatte sich unsere Sitzreihe – bis auf unsere beiden Plätze – vollständig geleert.

Klavierspielen im „Doggy-Style"

Und die letzte Geschichte geht gut aus…

Zu einem tierisch schönen Vergnügen entwickelte sich mein Aufenthalt im März 2016 in einem altehrwürdigen Restaurant nicht weit von Mönchengladbach. Marlene, die mir schon seit geraumer Zeit die von ihr geführte Gaststätte präsentieren wollte, führte mich – nachdem Serviettenknödel mit Pilzen verspeist waren – ins Kellergewölbe, in dem sich nicht nur Sitzgelegenheiten für ca. achtzig Personen befanden, sondern ein fast einhundert Jahre altes Klavier aus Berliner Herstellung. Darauf solle ich doch mal ein paar Takte spielen, auch um zu testen, wie verstimmt das gute Stück denn wirklich sei.

Marlenes Angebot nahm ich nur allzu gerne an, da ich ja seit nunmehr zwanzig Jahren auf dem Klavier bzw. dem Clavinova improvisiere und Lieder in verschiedenen Stilrichtungen komponiere – wobei mir als Inspiration meist die Harmonien von Franz Schubert in Kombination mit den Rhythmen Carl Orffs dienen. Natürlich hatte der Zahn der Zeit an dem Instrument aus dem Jahre 1918 längst genagt, dennoch erwies sich der Klang als durchaus harmonisch und warm. Was ich beim Spielen meiner spontan entwickelten Stücke zunächst jedoch nicht bemerkte, war das Mitlaufen der Handykamera bei Marlene.

Und was ich hinterher beim Ansehen des Videos erkennen musste, war höchst erstaunlich, hatte sich aber schon gegen Ende meines Klaviervortrags abgezeichnet: Wer oder was jaulte denn da so eindringlich zu meiner spontanen Improvisation? Nach einem Zweibeiner klang das irgendwie nicht! Das genaue Studium dieser Videoaufnahme brachte endgültige Klarheit darüber, was vor sich gegangen war: Nachdem ich etwa eine Minute und zwanzig Sekunden lang in die Tasten gegriffen hatte, fokussierte die Kamera auf einmal etwas großes Schwarzes, zugleich außerordentlich Niedliches ... und zwar in Gestalt einer sieben Monate alten französischen Bulldogge, die ihre großen Ohren sichtbar spitzte, um der Klaviermusik zu lauschen.

Fortan erschien der Welpe immer wieder in Groß- aufnahme, schaute mit weit geöffneten Augen und wackelnden Lauschern direkt in die Handykamera – um die musikalische Darbietung mit einem unnach- ahmlichen, leidenschaftlichen Gejaule zu begleiten. Klavierspielen quasi im „Doggy-Style" – ein echtes Bild für die Götter! Dieses tierisch süße Video ist inzwischen im Internet abrufbar, so dass sich Zwei- bis Vierbeiner aller Art an den Klängen dieses uralten Klaviers – und natürlich an der Bulldogge – erfreuen können.

Nachwort

Das waren sie, die „Geschichten eines nicht ganz Dichten" – mal lustig, mal böse, mal völlig irre, aber alles tatsächlich so passiert. So sarkastisch und bissig die eine oder andere Anekdote auch formuliert sein mochte: Ein besonderes Dankeschön geht an dieser Stelle noch einmal an alle Beteiligten, die diese Geschichten überhaupt erst möglich gemacht haben. Sie alle haben das Leben des nicht ganz Dichten auf vielfältigste Weise bereichert – und ihm definitiv so manchen Impuls gegeben. Folglich kann die Devise nur lauten: Auf die nächsten verrückten Begegnungen!

Und all jenen, die es nicht in dieses Buch geschafft haben bzw. die es nicht erwischt hat, bleibt ein kleiner Trost: Ihr seid leider – oder Gott sei Dank?! – einfach viel zu normal!

Am Ende wird sich vielleicht der eine oder andere Leser fragen: Wie sieht so ein NichtGanzDichter in Natura aus? Was treibt dieser selbsternannte „Schwerstbegabte" sonst noch? Wann und wo kann man mal live etwas von ihm hören oder sehen? Solche und ähnliche Fragen können gerne unter info@nichtganzdichter.com an den Autor gesendet werden. Weitere Infos, Texte und Gedichte sind über www.nichtganzdichter.com sowie auf Youtube abrufbar.

FSC
www.fsc.org

MIX

Papier | Fördert
gute Waldnutzung

FSC® C083411

Zeitfracht Medien GmbH
Ferdinand-Jühlke-Straße 7
99095 Erfurt, Deutschland
produktsicherheit@kolibri360.de